GOBOOKS
& SITAK
GROUP©

三日月書版

三日月書版

輕世代
FW186
早安，幽靈小姐
おはよう
幽霊のお嬢さん
volume
4
糟了，戀情大危機？！
水果布丁
Illust arico
三日月書版

早安，幽靈小姐
おはよう，幽霊のお嬢さん
Characters
保護寵物不被超渡是主人的義務。
Super Idol
莫榛
男主角，180cm，高傲不可一世的人氣明星，其實內心很保守，所以不輕易靠近別人。
Good Morning

阿遙

女主角，158cm，身材纖細，性格活潑，因受傷昏迷而靈魂脫體，目前為幽靈狀態。

因失去記憶，名字是從莫榛專輯名稱「遙不可及」而來。

早安，幽靈小姐

おはよう，幽霊のお嬢さん

contents

Good

Miss Phan

第六十四章

意外

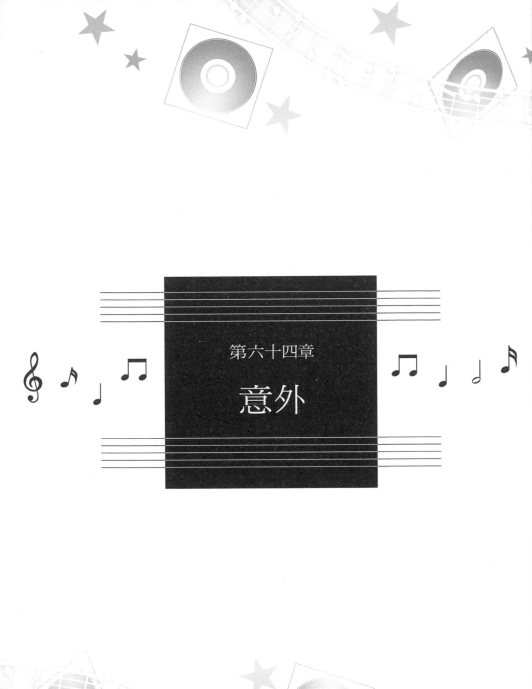

牆上時鐘已經指向了十一，陳清揚仍不知疲倦地逛著網頁。

今天在她平常更文的小說網站上出了件大事，一位超人氣作者被一個默默無名的新人作者指稱她的新文是抄襲的。

據說兩人在現實中是好姐妹，後來不知道是誰搶了誰的男朋友，她們就此鬧翻，新人才把這件事公布出來。

陳清揚看留言看得不亦樂乎，她以前就和那位超人氣作者有過節，現在見她落難，忙不迭跑去落井下石。

登入FB，本來想轉貼一下新人作者做的懶人包，結果卻發現黎顏TAG自己。

「親愛的，我幫妳要到了秋意大師的簽名書！還有妳男神的簽名海報！我棒不棒！#請叫我超級好閨蜜#」

陳清揚的心猛地一跳，迅速點開FB下面的兩張配圖，真的是秋意親筆簽名的《鬼校》，還有莫榛《上帝禁區三》的簽名海報。

天啊，大力超強！這才叫閨蜜嘛！

陳清揚心情激動得可以繞著地球跑兩圈了，不過這種激動沒持續多久，就被擔心代替了。

「大力，妳不該為了這些身外之物出賣自己吧？」

不直接回在ＦＢ上，而是打成簡訊傳了出去，陳清揚有些忐忑地等著好友的回覆。

「……妳想太多了，書和海報都是我家老闆弄到的。」

老闆？陳清揚撇了撇嘴角，又打了一封簡訊。

「你們老闆用什麼條件跟妳交換？」

「他叫我親他一下=v=」

天啊，這樣不算性騷擾嗎？

「妳親了嗎？」

「親了（遮臉）」

「……」

不知道為什麼，陳清揚突然覺得吃虧的或許是那個老闆。看大力每封簡訊都帶著表情符號就知道她的心情有多蕩漾。

「大力，妳墮落了，妳不再是我以前認識的那個大力了。」

「一句話，要不要？」

「要！=3=」

墮落就墮落吧！還是秋意跟男神最重要！

「明天早上我有半天假，十一點白馬廣場見。」

傳完這封簡訊，黎顏就關了機，心想今天終於可以在十一點前睡覺了！她幸福地掀開被子窩進床裡。

陳清揚則熱淚盈眶地在黎顏的文下方回覆：「在這個好朋友都可能背叛彼此的時代，我來為社會注入一點正能量。#閨蜜萬歲#」

向雲澤正準備關電腦，就看到了這篇文。

……如果她知道黎顏是莫榛的助理，還會這麼認為嗎？

他默默地在這篇文中回了一張蠟燭的圖片。

第二天早上十點，黎顏才慢悠悠地從床上爬起。如果不是因為約了陳清揚，她真想一覺睡到下午。

打開手機翻了翻自家老闆的行程，下午一點要在公司拍攝雜誌寫真。

唔，只有三個小時，時間緊迫。

她簡單地洗了把臉，隨便梳了兩下頭髮，抓了件衣服套上就準備出門。

打開房門時，莫榛也剛好從房間出來，看著黎顏手上提著一個紙袋，問道：

「妳要出門？」

「嗯，我把書和海報給我朋友。」

好不容易有一點時間，如果今天不去，不知道要等到什麼時候才能拿給清揚了。

莫榛的眉頭動了動，她對那個水煮檸檬還真好，「需要我開車送妳嗎？」

「不用了，我會趕在一點前到公司。」說到這裡，黎顏頓了頓，抬眸看著莫榛道，「榛榛，你自己吃午飯吧，一定要吃喔。」

莫榛想了一會兒，道：「剛好我要出去吃飯，我順便送妳去吧。」

「啊？順路嗎？」

「妳去哪裡我就在附近吃飯。」

「……」黎顏在內心偷笑，榛榛好可愛，想跟就說嘛。

白馬廣場是A市最大的購物廣場，美食當然也相當多，從路邊小吃到高級餐廳應有盡有。

莫榛在白馬廣場附近的一間餐廳訂了包廂，這間餐廳是圈內朋友開的，他也是股東之一。

黎顏聽他這麼說，有些驚訝地看著他，「原來你有這麼多副業啊？」

「當然。」莫榛揚了揚下巴，愉悅地享受著小助理崇拜的目光，「養妳十輩子都夠了。」

「……」自家老闆總是有各種方法可以炫富。

聽莫榛把這裡的菜色講得多美味，雖然她也想在這裡吃一頓，不過還是忍痛去赴了陳清揚的約。

從餐廳到約好的地方大概五分鐘，黎顏到蛋糕店的時候，剛好是十點五十分。她往店裡看了看，很快便找到坐在落地窗旁玩手機的陳清揚。

走過去拍了拍她的肩，黎顏學著電視上流氓的口氣問：「美女，給虧嗎？」

「……」就算她不回頭，也聽得出來這是黎顏的聲音。

轉過身剛想吐槽幾句，卻在看見身後的人時生生轉了個話題，「妳的頭髮在哪裡剪的？」

「嗯？」黎顏下意識地瞥了瞥胸前的長髮，因為昨晚沒洗頭，所以去晚會的造型還在，只是亂了一點。

「我們家老闆帶我去的，設計師好像叫安奕。」黎顏走到陳清揚對面的位置坐了下來，把手裡提著的紙袋遞了過去。

陳清揚接過紙袋，卻沒有迫不及待地打開，因為她現在更關心另一件事，「妳說的安奕，該不會是演藝圈的御用設計師吧？」

黎顏眨了眨眼，驚訝地問：「妳也知道他？」

原來真的很有名啊，自己倒是完全不認識呢。

聞言，陳清揚的嘴角一抽，她當然認識，只要有關莫榛的事她全都一清二楚啊！

她伸出右手，摸了摸好友的額頭，「大力，妳是不是工作壓力太大導致腦膜炎？」

「……」黎顏現在只想把她手裡的紙袋搶回來。

「不過話說回來，你們老闆怎麼有辦法弄到秋意和莫榛的簽名？」陳清揚打開了紙袋，看著裡面的書和海報，簡直愛不釋手。

黎顏撇了撇嘴，道：「哼，因為他也有腦膜炎。」

「……」陳清揚想著，所以這書和海報是愛心捐贈的嗎？沒有繼續這個話題，兩人一起吃完午飯，黎顏就匆匆要走。陳清揚好不容易出門一次，本來想到處逛逛，可是黎顏走了她也不想一個人逛街，只好跟她一起往回走。

「大力啊，你們老闆實在是太剝削人了，妳說妳自從上班以來，一共休了幾天假？」陳清揚邊走邊抱怨，比黎顏這個當事人還要義憤填膺。

黎顏咦了一聲，突然停下腳步，直盯著停在前面路口的車子。

「怎麼了？」

陳清揚也跟著停了下來，順著她的目光看了過去，「嗯，這輛跑車滿好看的。」

黎顏抿了抿嘴角，豈止是好看，這根本就是莫榛的車啊，怎麼會停在這裡？

手機在這時響了起來，黎顏拿出來一看，上面閃爍著「榛榛」兩字。

她像做賊一樣迅速地接起電話，小聲問：「老闆，什麼事？」

「我在路口等妳，妳應該看見我的車了吧？」

「看見了。」她瞟了陳清揚一眼，微微背過身，小聲道，「你小心一點喔，千萬不要被人認出來了。」

莫榛輕笑一聲，「好，妳快一點。」

「好。」黎顏一轉身，就見陳清揚瞇著眼睛打量自己。下意識地把電話藏在身後，往後退了兩步，「幹嘛這樣看我？」

「跟誰打電話啊？這麼神神祕祕。」陳清揚推了推臉上的眼鏡邊框，名偵探模式開啟。

「老闆。」黎顏倒也老實，「那輛跑車就是他的，我要先回公司了。」

「你們老闆親自過來接妳？」

陳清揚的眼睛瞇得更小了，這裡面，有問題。

「他剛好在附近吃飯。好啦，不跟妳說了，我要走了。」說完，黎顏就小跑著離開了。

陳清揚在後面看著好友匆匆遠去的身影，不知道自己又一次和莫天王失之交臂。

她揉了揉鼻尖，傳了一封簡訊給向雲澤：「向公子，大力她好像談戀愛了！」

向雲澤回覆得很快：「不要嫉妒，妳也可以。」

「……和誰談，你嗎？」

「聽說過自戀嗎？就是自己和自己談戀愛。」

看著簡訊，陳清揚深吸了一口氣，回覆道：「你說得對，肥水不落外人田嘛。:)」

「……」換向雲澤無語了。

另一邊，黎顏和莫榛到了公司後，就直奔十七樓的攝影棚。《TOMATO》

是凱皇旗下知名的時尚女裝雜誌，在年輕女性中擁有高人氣。現在正值夏季新品發布，公司首次推出了情侶裝，所以特地找莫榛來拍照。

和莫榛搭檔的是《TOMATO》的知名模特兒Lisa。Lisa有著混血兒般的漂亮臉孔，她的獨特氣質使她在高二時從《TOMATO》模特兒甄選會脫穎而出。

能夠和莫榛一起拍照，對《TOMATO》的每一個模特兒來說都是千載難逢的機會。Lisa好不容易爭取到了這個名額，提前一週做了各種準備，可是……她到現在都還沒來。

雜誌主編已經在心裡詛咒她一百遍了，他好不容易請到莫榛，沒想到找來的搭檔竟然出問題，而且旁邊的安大造型師，好像開始不耐煩了。

主編抹了一把額上的汗，正準備過去緩解一下氣氛，Lisa的經紀人終於出現了。

「Lisa沒辦法來了，她在路上出了點意外，撞破了頭。」

當下主編只差沒一頭撞死了，他瞄了一眼旁邊的兩尊大佛，努力笑著解釋：

「莫天王、安大神，我們雜誌有很多優秀的模特兒，沒有Lisa還有Lina，你們稍安勿躁，我馬上請她來！」

坐在一旁的黎顏細想了一下這句話，主編的口吻聽起來怎麼這麼像媽媽桑呢？

「不用了。」安奕從沙發上站起，叫住了跑到門口的主編，「我沒那麼多時間陪你浪費，就她吧。」

他指了指坐在莫榛旁邊的黎顏。

第六十五章

拍攝

黎顏頓時一愣，這是什麼情況？

主編倒是認真打量起來了，臉長得不錯，也滿有氣質的，但模特兒不是只要好看就能當的。況且《TOMATO》是一本知名雜誌，怎麼能隨便找個外行人來充數，而且還是和莫榛搭檔！

看出了主編的猶豫，安奕主動開口道：「我昨天剛幫她做過造型，她打扮出來絕對不輸給你們雜誌的任何一個模特兒，最重要的是……」他停頓了一下，抬起左手看了看表，「我三點還有約，現在已經一點十三分了。」

安奕的一分一秒都是錢，莫榛也是。萬不得已之下，主編只好妥協了。

「好吧，今天要換的衣服都在那邊，你研究一下就幫她做造型吧。」

「OK。」

黎顏看著安奕起身往服裝區走去，內心怒吼到最高點，難道不應該徵求一下她這個當事人的意見嗎？他們就這樣愉快地決定是怎麼回事？

「呵。」身旁的莫榛突然冷笑一聲，連安奕都停了下來，「我有說可以嗎？」

主編和安奕同時看了過去，只見莫榛下巴微揚，嘴角的那抹冷笑還沒有完全散去。

主編吞了吞口水，小心翼翼地陪著笑道：「莫天王，她是你的助理吧？我們會付她薪水的。」

薪水？黎顏的眼睛亮了亮，「很多嗎？」

主編大大聽她這麼問，驕傲地挺起胸膛，「我們雜誌的通告費在業界是最高的！」

「那就這麼決定了！」黎顏歡欣雀躍地點頭答應。

「……」下一秒，莫榛抬頭盯著她，一語不發。

黎顏被盯得壓力好大，也學著主編的樣子陪著笑臉，「榛榛，救急嘛！」

「……」分明是見錢眼開吧，存這麼多錢是想養小白臉嗎！

把莫榛的沉默當做允許，黎顏蹦蹦跳跳地跟著安奕走了。

主編見這個燃眉之急終於解決，也長長地呼出一口氣，「莫天王，因為是拍情侶裝，等一下可能會有比較親密的動作。」

凱皇對藝人的管理很嚴，莫榛從不會和哪個女藝人走太近，就算是工作，也有自己的尺度，他擔心莫天王不能接受。

莫榛的眼眸動了動，這個之前他聽唐強提過了。本來還對「情侶之間的親密動作」持有保留意見，不過現在模特兒換成了黎顏……他求之不得。

「沒關係，我會盡量配合。」莫天王丟了一句相當敬業的回答後，進了休息室換衣服。

主編的眼睛一亮，誰說莫天王冷漠難說話的？明明很平易近人嘛！

半個小時後，黎顏和安奕從更衣室出來了。她的髮型依然是大波浪，不過妝容比昨天素雅很多，顯得清新動人。

主編看著眼前煥然一新的黎顏，不得不承認大神就是大神，魔法師這三個字安奕當之無愧。

莫榛也換好了衣服，臉上淺淺的笑容足以看出他很滿意黎顏現在的樣子。

安奕解決了黎顏，又開始幫莫榛做造型。莫榛他就更熟悉了，十分鐘不到就完成。攝影棚的燈亮了起來，安奕又低頭看了看手表，還有時間，待會兒還能幫黎顏再換一個造型。

黎顏站在棚燈下有些無措，她看了一眼身旁的莫榛，就聽攝影師在前面喊道：「妳靠近一點，摟著莫天王的腰。」

「摟、摟著……」她反而嚇得退了兩步，一來就這麼刺激不太好吧？

莫榛在旁邊低笑一聲，滿滿的笑意從喉裡溢出，「他叫妳抱著我。」

黎顏的嘴角忍不住抽了一下，往莫榛身邊挪了兩步，僵硬地把雙手環上他的腰。

「接下來抬頭看著他，微笑。」攝影師大人又下令了。

看著自家小助理一臉困窘，莫榛忍笑忍得胸膛都微微顫抖了。

攝影師等了老半天，還是沒達到他想要的標準，終於不滿地喊道：「妳現在是看著自己的男朋友，不是班上導師！放鬆，笑得甜蜜一點！」

主編大大在一旁掩面，不是專業的果然不行啊。

莫榛揉了揉黎顏的頭頂，低聲在她耳邊道：「別緊張，只要看著我就好。」

像是被什麼蠱惑似的，黎顏抬起頭，對上一雙溫柔如水的眸子，就像一個深潭，彷彿整個人都浸入了池水中，越陷越深。

攝影師飛快地按著快門，此時就連刺眼的閃光燈，也無法讓黎顏移開目光。

「好了，換個姿勢。」攝影師看了看剛才的照片，抬起頭道，「妳去坐那張椅子，莫天王親吻她的頭髮。」

「……」回過神的黎顏心想，這個攝影師以前是拍色情片的吧！

但想到有錢拿，她還是乖乖走到椅子上坐下。

莫榛微微彎下腰，一手撐在桌上，一手掬起她胸前的一撮黑髮，放在唇邊輕輕一吻。

又是一陣鋪天蓋地的快門聲，黎顏的心也狂跳不止。莫榛還維持著親吻她髮絲的動作，她卻覺得那個吻不像是吻在頭髮上，而是吻在自己心上一樣。

看著漸入佳境的拍攝情況，主編默默想著，莫天王不愧是影帝，即使只是拍照，也很快就讓對手也入戲了。

同時他對黎顏的評價也起了變化。她的鏡頭感非常好，雖然剛開始因為緊張有些僵硬，可是後來的表現簡直可圈可點。

當 Lisa 頂著額頭上的紗布趕來時，就看見莫榛親暱地將黎顏圈在懷裡、嘴角微揚的場景。

皺著眉頭走到自己的經紀人身邊，Lisa 口氣很差地問：「Ellen，那個女人是誰？」

Ellen 回過頭看她一眼，冷冷地回答：「莫天王的助理。」

「助理？」Lisa 皺起眉頭，「《TOMATO》的門檻什麼時候變低了？」

「她表現得很好，我都有點想簽她了。」長得漂亮又有天賦，而且出道作品就是和莫天王的親密情侶照，爆點十足，Ellen 越發動心了。

Lisa 看著 Ellen 的神情，嘴角抿緊，「Ellen，我沒事了，接下來可以換我拍。」

Ellen有些好笑地看了她幾眼，最後目光停留在她額頭的紗布上，「妳的頭怎麼樣了？」

「輕傷，醫生說不會留疤。」她又朝攝影棚的方向看了一眼，本來在莫榛懷裡的人應該是她！

「Lisa，機會是妳自己錯過的，等下次吧。」Ellen這話說得不輕不重，算是幫她找臺階下。

Lisa也明白拍攝已進入尾聲，便沒有多爭辯什麼，轉頭離去。

黎顏一共換了四套衣服，安奕幫她化了新妝後才回去赴約。

「還剩最後一組照片。」攝影師也拍得很盡興，甚至有點得意忘形了，「莫天王，待會兒你可以吻一下她的額頭嗎？」

最後一組照片是情侶睡衣，不來個晚安吻說不過去吧？

可是攝影師說完這句就後悔了，他現在面對的是莫天王，不是可以隨便要求的模特兒。

沒想到，莫榛不僅沒生氣，反而在愣了一下之後比了OK的手勢。主編大大站在一旁，整張臉上都快綻出光芒來了。要知道莫天王連拍電影都不太有吻戲的，現在拍一組雜誌照，竟然獻給他們一個吻！

他覺得今天回家要去買張樂透。

黎顏有些侷促地坐在鋪著法蘭絨毯的地上。莫榛回頭看了她一眼，淡笑著道：「妳只需要把眼睛閉上，其他的交給我。」

「……」聽到這種話，讓她更緊張了啦！

攝影師調好了鏡頭，對莫榛舉了舉手。

黎顏看著莫榛的臉在自己面前慢慢放大，羞恥地閉上了眼，頭都快埋進胸裡了。

下一秒，感覺下巴被人抬起，她還沒反應過來，一個吻已經落在了唇上。這下就連旁邊的攝影師都愣住了，直到主編猛地跺腳，他才如夢初醒地狂按快門。

黎顏覺得自家老闆實在是太厲害了，總是能找到機會假公濟私地吃豆腐。

攝影師覺得今天賺翻了，這些照片不知道可以開價到多少！可是他有這個賊心沒這個賊膽，莫天王不是他惹得起的。

大概過了五秒，莫榛慢慢離開黎顏的唇，卻仍是沒有鬆開她的下巴。黎顏慢慢睜開眼，入眼的便是莫榛近在咫尺的臉，還有眉宇間淡淡的寵溺。

攝影師還在鍥而不捨地按快門，不斷變換角度拍攝。以他的經驗判斷，剛才那組照片肯定不能刊登在雜誌上，他還是抓住最後的機會多拍點吧。

拍攝結束，主編帶著經紀人 Ellen 一起去向兩人道謝。

黎顏還在卸妝，莫榛就坐在旁邊等。主編跟他們說句辛苦了，接著笑容可掬地看著黎顏，「不知黎小姐對平面模特兒感不感興趣？」

莫榛抬頭看了他一眼，後者全然不覺地繼續遊說：「這位是模特兒公司的經紀人 Ellen，她帶的全都是知名模特兒，不知道妳有沒有興趣跟我們簽約？」

簽約？莫榛在心裡冷笑一聲，要簽也輪不到他們來簽。「周主編，你把她簽走了，所以是你要來當我當助理嗎？」

「……」周主編一聽，知道他不太高興了，趕緊拖著Ellen離去，不敢再提。

莫天王果然還是……冷漠的莫天王。

這件事在莫榛的冷眼下迅速畫上句點，主編大大來得有多快，走得就有多快。

離開凱皇時快要七點，莫榛載著黎顏去覓食。他看了一眼坐在身旁的黎顏，忍不住問道：「妳很缺錢嗎？」

黎顏聽得一頭霧水，「沒有啊。」

沒有？那為什麼一聽主編說有薪水就立刻答應拍照了？

「那妳為什麼這麼想賺錢？」莫榛皺了皺眉，不會真的打算包養小白臉吧……

「因為……我是金牛座嘛。」解釋之後，黎顏看了他一眼，想起他剛才冷著臉嚇唬主編的情形，又問道，「榛榛，你不喜歡我去拍照嗎？」

莫榛沒有立刻回答，沉默了一下才道：「如果妳想在演藝圈發展，我捧妳。」

第六十六章

友盡

黎顏有些愣愣地看著莫榛，他說的每個字都在她心裡激起陣陣漣漪。

也許每個女孩子都有明星夢，不過作為一個從小就對明星沒興趣的人，黎顏真的沒想過要在演藝圈發展——光是她會來當莫榛助理這件事，就夠不可思議了。

兩人一時之間都沒說話，車內陷入寂靜。

莫榛用餘光瞟了黎顏一眼，連周主編都看出她有潛能，他不可能沒看出來。雖然他私心不希望黎顏涉足演藝圈，但如果她真的喜歡，他也願意捧她。

「唔。」黎顏揉了揉鼻尖，率先打破沉默，「榛榛你也可以簽人嗎？」

「當然不是我簽妳。」莫榛努力不表現出情緒，專心地看著前方，「是唐強簽。」

「唐董？」黎顏疑惑地眨了眨眼，「唐董不是不簽人嗎？」

莫榛笑了一聲，「那也要看是誰開口。」

演藝圈這一行，就靠人脈二字。

「哦。」黎顏似懂非懂地點頭，總而言之就是唐董被榛榛吃得死死的意思吧？有時候她真懷疑他們到底誰是誰的經紀人。

想了一會兒，她又問道：「你覺得我適合在演藝圈發展嗎？」

莫榛沉默了，要他來說的話，他一定說不適合。當藝人很辛苦，先不說每天被那麼多雙眼睛盯著，又要應付媒體和粉絲，光是每天高強度的工作量，就不是每個人都受得了的。

主要是，他捨不得她這麼辛苦。

「妳的各方面條件都不錯，不然周主編也不會想簽妳。關鍵在於，妳想在演藝圈發展嗎？」避重就輕地回答後，莫榛又將問題拋回去。

「唔，做明星需要被很多人喜歡吧？我覺得不會有人喜歡我。」

「……」莫榛心想，妳以為妳ＦＢ上五百多個男生好友都是來亂的嗎？「不用急著下定論，妳可以慢慢考慮。」

「嗯，謝謝榛榛。」黎顏朝著他甜甜一笑。

莫榛抿了抿嘴角，突然想起什麼，改問道：「對了，妳今天答應周主編答應得那麼爽快，萬一妳的家人看到雜誌怎麼辦？」

「……」她真的沒想到這件事。

她的家人裡會看這本雜誌的大概也只有黎瀟，不過清揚……她百分之百會看到啊，怎麼辦！

「榛榛，你為什麼不早點提醒我……」

「我以為妳知道。」

「可以把我的臉修成其他人嗎？」

「妳覺得有可能呢？」

……她覺得自己好像踩進了一個很大的坑。

直到睡前，黎顏還在為這件事煩惱。

莫榛回到房間後，直接在電腦桌前坐下，「出來。」

下一秒，一個輕快的女聲在半空中響起，「啊哈，莫天王你找我？」

莫榛回過頭來，看了一眼飄在半空中的飄飄，「今天這件事是妳做的？」

「What？」飄飄偏了偏腦袋，一副迷茫的樣子。

呵呵，以為說英語就能裝死嗎？他沉默地看了飄飄一眼，開始在抽屜裡找起護身符來。

「等一下！好啦，算我輸了，莫天王。」飄飄往後退了幾步，對莫榛這種得了便宜還賣乖的行為非常不滿，「是我做的，但也是為了幫你啊，需要我把心掏出來給你看看嗎？」

「……」不用了。

況且飄飄是女鬼，要往哪裡掏才掏得出心來？

「你不是不願意和模特兒拍那麼親密的照片嗎？所以我才幫忙弄走她的。而且你說，你今天占了小貓咪多少便宜？」飄飄心想，真是好心沒好報，讓他吃了豆腐還想拿符收她。

「好吧，這次算妳有功，不過希望妳不要再干涉我的生活了。」

飄飄撇了撇嘴，「你以為我想干涉啊？你要是能快點把小貓咪推倒，我也就可以去投胎了好嗎？」

「……」

「莫天王，實在不行的話，你就霸王硬上弓吧，我覺得她不會反抗的。」

聽完後，莫榛轉身繼續找護身符了。

「……我錯了我錯了！晚安！」飄飄識趣地隱去身形。

這天以後，黎顏一直擔心著雜誌的事，她還曾經偷偷去找過周主編，和他商量把她的臉打馬賽克的可行性，結果被編輯部同事的鄙視眼光逼走了。

她嘆了口氣，唉，真的好擔心啊。

可是無論再怎麼煩惱，雜誌還是在六月上旬準時發售了。

因為這一期打著莫天王親自拍攝的噱頭，銷量比以往翻了好幾倍。黎顏也在這之前拿到了樣書，封面就是用她和莫榛的照片。

照片拍得很漂亮，她都不太相信站在莫榛身旁的那個人就是自己了。她和莫榛的照片是本期雜誌主打，封面上用最大最顯眼的標題寫著：**粉色的夏天，只屬於妳的甜蜜戀情**

那粉紅色的甜蜜戀情四個字，讓黎顏的臉莫名有些發燙。想著莫天王還親了她，她連忙翻起雜誌，迅速地找到了有自己的那幾頁。

還好，那幾張照片並沒有刊出來，她總算鬆了口氣。要是那張照片登出來，她的臉大概第二天就會出現在社會新聞上了——以被害者的姿態。

其實莫榛之前就告訴過她雜誌一定不會登出那張照片，可是雜誌一天沒出來，她始終放不下懸著的心。

雖然雜誌沒有放，但攝影師早就將那一組照片私下傳給了莫榛，成為他的私人收藏。

物送給她就好。

當然，這種事就不用告訴黎顏了，他只需要洗一份，然後把它當做情人節禮

聽說莫天王親自擔任這一期《TOMATO》的模特兒時，陳清揚就萬分期待著雜誌發行的那天。她等了那麼久、盼了那麼久，終於來了……但是，誰能告訴她封面上的那個人為什麼那麼像大力？

原來大力已經大眾臉到這麼嚴重的程度了嗎？呵呵。

陳清揚極其優雅地翻開雜誌，嘴角那一抹溫婉的笑容嚇得剛進門的陳爸爸跌坐在地——親愛的快來呀，女兒好像被什麼奇怪的東西附身了！

陳清揚完全沒注意到周遭情況，兩道目光死死地定在雜誌照片上。

據雜誌上的標注，這位女模特兒的名字叫阿遙——這是當時主編讓黎顏想個

藝名時，黎顏順口答的。因為是情侶裝，兩人的照片都很親密，有擁抱的，有親吻頭髮的，甚至還有差點嘴對嘴親上去的！

啪！陳清揚猛地合上雜誌，立刻用電腦開了《TOMATO》雜誌的官網。輸入阿遙卻搜不到任何資訊，看來她並不是雜誌的簽約模特兒……

所以說，這個長得那麼像大力的模特兒究竟是誰！

拿起手機，陳清揚劈里啪啦地打上：「大力！妳看了最新的《TOMATO》嗎？封面的模特兒長得好像妳，趕快去問妳媽是不是弄丟了一個女兒！」

黎顏看著簡訊，深呼吸十幾次後才打上：「嗚嗚，清揚我錯了，那個人就是我QAQ」

五分鐘過去，十分鐘過去，半個小時過去，陳清揚還是沒有反應。

「清揚，妳不能為了一個男人就不理我啊，難道妳不愛我了嗎QAQ」

又過了五分鐘，手機終於震動了一下。

「我的男神都被妳抱了，還有什麼好說的。天涼了，我們不用再聯絡了，掰。」

所以說，女人的友誼是世界上最脆弱的東西，沒有例外。

「我可以解釋，我們見面說！」

「今晚十點學校天臺，不見不散，掰。」

陳清揚丟開手機，用電腦登入FB，沉痛地PO了一句話：「我的好友抱了我的男神，我很傷心，所以決定斷更。」

發完這句話，她才猛然想起一個最重要的問題——為什麼大力可以和莫天王拍照？她連《TOMATO》的模特兒都不是啊！

雖然她現在不太想和大力說話，但是這個問題就像魚刺一樣卡在喉嚨裡，吐不出來吞不下去，超難受。

「啊啊啊啊！」從床上翻身坐起，打開手機，傳了一則簡訊給黎顏。

「雜誌為什麼會找妳當模特兒？」

黎顏一見陳清揚又傳簡訊過來，連忙高興地閱讀內容。

唔，這個問題……

「我老闆認識雜誌主編，那天本來要和莫天王搭檔的模特兒出了意外，他們一時找不到合適的人，就找我頂替一下。」

她說的都是實話。

陳清揚瞇了瞇眼，大力是編輯，她老闆肯定也是主編，主編認識主編很正常……

「你們是做什麼雜誌的？」

「時尚雜誌。」

時尚雜誌多少會跟演藝圈有接觸，難怪他老闆會有辦法弄到莫榛和秋意的簽名。「可是為什麼會想到找妳頂替？」

「……因為我和老闆剛好在那裡。」

仔細思索了一會兒，這個解釋的確合理，心裡的刺被拔了出來，陳清揚心情終於好多了。

「最後一個問題，男神的手感怎麼樣？」

「……很好。」

可惡！

陳清揚再一次憤慨地丟開手機。

黎顏看著又一次石沉大海的簡訊，抽了抽嘴角，所以盤問完了，就把她一腳踹開嗎？

嗚嗚，哪有這樣的啦。

第六十七章

出名

除了陳清揚，網路上也因為這件事吵翻天了。

《TOMATO》請莫榛來當模特兒，本意是為了宣傳衣服，現在大家只顧著看人，衣服完全被忽視了。

海角論壇的首頁幾乎被《TOMATO》的相關新聞占滿，陳清揚掃視一遍，點進了人氣最高的文章。

該篇文章的樓主把雜誌上有莫榛的幾頁掃描下來，做成了拚圖，還在上面寫了許多批註，比如莫天王柔情似水的眼神，比如親吻髮絲時隔著螢幕都能溢出來的粉紅泡泡，比如兩人近得令人臉紅心跳的嘴唇。

最後結論只有一句話——只有真愛才能拍出這樣的照片！

「樓主沒見過世面，那是因為莫天王演技好。」

「可是為什麼要親頭髮，為什麼要摟腰，為什麼要貼得那麼近啊QAQ，打死攝影師！」

「我已經寄履歷去《TOMATO》雜誌了，請大家祝福我！」

「難道只有我一個人關心那個模特兒是誰嗎？她根本不是《TOMATO》的簽約模特兒啊！」

「樓上+1，官網上沒有她的資料，但是能擠掉那麼多名模，後臺應該很硬。」

「我已經把她的臉改成自己了↓（圖片）」

「……樓上修得真好（跪）」

「為什麼我覺得那個模特兒好漂亮（／／▽／／），和莫天王好配的感覺（打醒我吧）」

「打死樓上！」

「打死樓上！」

「打死樓上！（雖然我也覺得她好萌>／／／<）」

「我喜歡她那件連身裙，粉藍色的好可愛！」

要是主編看到文章，一定會感動到哭出來，終於有人留意到衣服了！

這層樓就像是打開了新世界大門，大家的注意力成功地被分散到服裝上，包括妝髮、鞋子、包包等等，討論得很熱絡。

「這個模特兒的造型絕對是安大大做的，我也想去燙一個大波浪！」

「大波浪容易顯老，模特兒弄起來好看是因為人家漂亮。」

「天啊，那個包包竟然要賣八千多塊，嗚嗚買不起啊。」

「……」

陳清揚越看留言越無語。

說好的一致對外呢！怎麼突然聊得這麼開心！

那個最先提衣服的是《TOMATO》派來的工讀生吧！

看到雜誌的黎瀟也嚇呆了，堂姐什麼時候認識莫天王的，甚至還跟他一起拍照！簡直不能忍！她拿著雜誌，第一時間去了黎顏家裡打小報告。

「這個真的是顏顏呀？」黎媽媽一臉不敢相信，「我的女兒怎麼可能這麼可愛！」

「重點不是這個！」

黎爸爸拍案而起，用力地戳了戳圖片上的莫榛，「這個小子是誰？為什麼靠我們女兒這麼近！」

「這個人是莫榛啊，我每天都在電視上看見他的廣告。」黎媽媽眼睛都冒愛心了，「沒想到顏顏竟然認識這麼帥的男孩子。」

「……」

黎爸爸頓時覺得自己很孤單。

另一邊，江家祖宅，大師兄手裡拿著一本雜誌奔進了花園裡，「師父師父！小師妹被人占便宜了！」

尾隨而來的還有二三四五六師兄，他們人手一本雜誌，全都一臉憤慨地看著江老爺子。

江老爺子放下手裡的茶杯，拿起雜誌翻了幾頁，「真是女大十八變，顏顏比她媽媽年輕時還漂亮。」

「……」

大師兄心想，他們不是想聽這個啊！

「師父，你看小師妹旁邊那個男的，手都搭到她腰上了啊，這怎麼行！」

「大師兄說得對！」二三四五六師兄集體附議。

「那你們想怎麼樣？」

「必須和他談談！」

「印證武學！」

「以武會友！」

「哼哼哈嘿！」

江老爺子看了他們一眼，又掃了一眼雜誌，「說起來，你們幾個大男生還看這種雜誌？」

再度偏離重點。

「不是我們的，是一個來學防身術的小姑娘帶來的！」大師兄連忙為自己的名節辯白。

與此同時，海角論壇上也有了新的爆料。

「我好像認識這個模特兒姐姐，她是教我防身術的教練的師妹，曾經教過我一節課，人很好，而且很厲害！我不會說她是我心目中的女神>///<」

「真的假的？模特兒妹妹這麼酷？」

「真的，剛才教練好像也認出她來了，帶著一大堆教練出去找總教練了。聽他們的口氣好像是覺得小師妹被人占便宜，要為她討個公道。」

「……為什麼我突然想幫莫天王點根蠟燭。」

「莫天王保重。（雙手合十）」

「你們有人關注水煮檸檬的FB嗎？↑這是她之前上傳的照片，右邊那個女生像不像那個模特兒？」

「根本就是同一個人啊！」

「水煮檸檬的最新貼文，說自己的好友抱了男神，她要斷更。說的就是這件事吧？」

「我看了一下水煮檸檬之前的貼文，模特兒的FB應該是這個【是大黎不是大力】」

粉絲們果然戰力爆表，才半天時間，黎顏的FB都被挖出來了。

陳清揚趕緊把那則留言刪掉，再去FB刪了黎顏的照片，但還是阻止不了粉絲們的瘋狂肉搜。僅僅一個下午，黎顏的FB按讚數猛增好幾千，嚇得她以為自己的電腦中毒了。

「榛榛，我覺得我好像要紅了！」

黎顏抱著電腦奔到莫榛面前。

他們剛從片場回來，莫榛還在餐桌上吃夜宵。他瞟了一眼螢幕，除了按讚數大量暴增，留言也多一大堆。

「從論壇連過來的，模特兒姐姐妳好～」

「你們道館還收人嗎？我也想學防身術，長得漂亮實在是很苦惱 :-(」

「我只想問莫天王抱起來舒服嗎！>3<」

莫榛把電腦拿到面前，點開網頁到海角論壇，進入娛樂八卦板，他把電腦轉向黎顏，「答案應該就在這裡。」

黎顏看著首頁上的人氣文章全是關於雜誌照的，不禁抽了抽嘴角。

莫榛掃視了一下標題，最後點進一篇「剛去模特兒FB探查回來，總結幾點」的文章。

「一、模特兒本人看起來就是個普通的大學生，A師大中文系，去年六月畢業。二、她去年好像生了一場大病，今年年初才好，四月剛找到工作。她放過自家老闆的照片，用的是莫天王的照片。三、她是真的長得漂亮，FB上有素顏照，我已經成了她的腦殘粉。四、此文純總結，有什麼要說的請另外發文討論。」

莫榛迅速地看完了這篇，看了一眼旁邊傻愣愣的黎顏：「結果比我預期的好太多了，我本來以為她們會生吞活剝妳。」

「……」黎顏心想，如果接吻的那張照片公布了，她離這個結局也不遠了。

「既然妳的FB已經被找到了，妳最好發文回應一下。」

「啊？」聽他這麼說，黎顏沒來由地緊張起來，「我應該說些什麼？」

莫榛笑了一聲：「用妳平時發FB的口氣發一些感謝的話就可以了。」

「哦。」

黎顏對著電腦螢幕苦思起來，刪刪改改幾次，終於發了文。

「雖然不知道你們怎麼找到我的，不過還是謝謝大家的關注。這次幫雜誌拍照純屬意外，因為原本的模特兒出了點意外，才由我臨時頂替，其實我只是打雜小妹。最後關於道館，我們還收人喔，教練都是適婚年齡的單身男子，有興趣的人可以私訊我～」

莫榛研究了一下黎顏發的這條FB，態度親切卻不諂媚，還委婉地解釋了前因後果，最後不忘為自家道館打個廣告。

公關技能滿點，不當藝人實在可惜。

不久之後，《TOMATO》雜誌的官方粉絲團分享了這則貼文，並加了幾句話。

「模特兒本人很可愛喔！偷偷告訴你們，其實我們主編很想簽她，不過她家老闆不同意。」

莫榛看著這條FB，想了一會兒，然後直接點了分享。

在他們的推波助瀾之下，黎顏FB的按讚數已經突破了一萬，她總算體會到一夜爆紅的感覺。

連唐強也關注起這件事來，他看了看時間，打了通電話給莫榛。

「莫榛，起來了嗎？」

「有事直說。」

莫榛的聲音有點沙啞，似乎是剛從睡夢中被吵醒。

對於他這種態度，唐強早就見怪不怪了，「你上次跟我提簽黎顏的這件事，她考慮得怎麼樣？」

凱皇雖然不乏天團和天王，但卻沒有一個天后。沒有撐得起檯面的女藝人，一直是凱皇的弱點。如今，好像終於能填補這個空缺了。

黎顏的外在條件很出色，再加上專業訓練，他有信心把她打造成獨當一面的明星。

莫榛沉默了一會兒，才答道：「再給我點時間。」

「好吧，盡快答覆我。」

掛斷電話，莫榛順便上網看一下現在情況。

經過一個晚上，大家對黎顏的關心不但沒有減退，反而有越演越烈的趨勢。ＦＢ上黎顏的按讚數還在增加，論壇上的討論數也多了不少。

莫榛突然就感受到一股前所未有的危機感。

以前，在黎顏還是阿遙的時候，只有他一個人能看見她，只有他一個人能聽見她說話，他就是她的全部。

後來她變回黎顏，有自己的家人和朋友，有了自己的世界，對他也不再像以前那麼依賴了。

現在……

莫榛皺了皺眉，他彷彿能看見她張開翅膀，越飛越高，離自己越來越遠。

他不喜歡這樣。

黎顏弄好了早餐，回過頭就見莫榛沉著臉從樓上下來。

「榛榛，你怎麼了？」

莫榛看了她一眼，抿著嘴角道：「上次跟妳說的簽約的事，考慮得怎麼樣了？」

第六十八章

揍你

黎顏沒想到他一大早就問這麼嚴肅的問題，一時間愣愣地站在原地。

莫榛也沒再說什麼，只是沉默地看著她，似乎是在讓她想清楚了再回答。

「呃，我覺得我還是不適合在演藝圈發展。」黎顏端起廚房裡的兩碗麵，往餐桌走去。

是她的錯覺嗎？為什麼總覺得在他眼裡看見了殺氣？

一定是錯覺。

聽她這麼說，莫榛明顯鬆了口氣，卻還要故作意外地道：「為什麼？這次的雜誌照反應很好，妳不用擔心沒有人喜歡妳。」

黎顏拿起筷子，在桌子上輕敲了一下，「哦，那我就答應吧。」

「……」莫榛再度沉下臉，暗罵自己多嘴。

黎顏就像是沒發現他僵硬的臉，吃了口麵，對他道：「榛榛，快點吃吧，麵要糊了。」

莫榛看了眼桌上冒著熱氣的麵，走到桌邊坐下，他決定假裝沒聽見剛才的話。

「既然妳不願意，那我就幫妳回絕了。」莫棒學著黎顏的樣子吃了一口麵，有些含糊不清地說。

黎顏忍不住一陣好笑，莫榛有時候真的比嘟嘟還幼稚。「哦。」

莫天王得到滿意的答覆，心情愉悅地吃起麵來，而遠在公司的唐強，則表示鬱悶。

本來他沒有想簽黎顏的意思，莫天王卻突然跳出來說叫他考慮一下。等到他考慮好，決定簽下黎顏的時候，莫天王又跳出來說不用簽了。

……這是在玩弄他嗎？

「為什麼？」他看著莫榛，滿腦子都是這三個字。今天如果不給一個合理的交代，他就別想走出這個辦公室！

「我覺得她並不適合在演藝圈發展，她這次之所以能一夜暴紅，是因為那組雜誌照本身具有很大的話題性，無論換誰來拍都一樣。等過了這段時間，大家對她的興趣減退了，也就不會有人再記得她了。」莫榛煞有介事地闡述著理由。

唐強聽了之後只覺得好笑，「簽了她之後該如何保證她的曝光度，這是公司的操作問題，她本人只需配合公司宣傳。莫天王，你要是連這點常識都沒有，我真的會以為你是一個剛入行的菜鳥。」

「不管怎麼說，願不願意簽約都要看她本人意願，你不能強買強賣。」就算理由站不住腳，莫天王還有殺手鐧。

唐強抿著嘴看了他一陣，輕輕點了點頭，「你說的對，不過我不知道那是她的意願，還是你的意願。」

「我的意願就是她的意願。」

唐強看著莫榛那副自信滿滿的模樣，嘆了口氣，按下桌上的通話鍵，「韓梅梅，讓黎顏進來一下。」

「好的。」

韓梅梅的話音落下沒多久，黎顏就走了進來，「唐董，你找我？」

「嗯。」唐強點了點頭，看向坐在對面不動如山的莫榛，「你先出去一下，我有事要和她單獨談談。」

莫榛思索了一陣子，最後還是從椅子上站了起來。他走到黎顏面前，遞給她一樣東西，「唐強最擅長洗腦別人，在他說話之前，妳先戴上這個。」

那是一對耳塞。

「……」唐強心想，真是有備而來啊。

莫榛出去後，唐強讓黎顏在他剛才的位子坐下，正準備開口，就見黎顏一臉真誠地看著自己，「唐董，你聽過安麗嗎？」

如果莫榛的那招叫以不變應萬變，那黎顏的這招就叫先下手為強。

唐強，陣亡。

唐強放黎顏出去後，莫榛就開車載著她去片場了。今天除了下午的拍攝外就沒有其他工作了，再來就是明天的廣告。

晚上片場依然很晚收工，第二天因為要早起拍廣告，今天又只能睡兩個小時。黎顏敷著面膜睡覺，總覺得面膜都還沒有乾，她就要起床了，真是……好想哭。

廣告拍攝分成了內外景兩部分，今天主要是進行棚內拍攝。黎顏跟著莫榛到攝影棚的時候，看了看手機上的時間，還不到七點。

趁著莫榛在化妝，她靠在一旁的沙發上補眠，結果這一補，就直接補到了拍攝結束。

睜開眼睛時，攝影棚的工作人員已經開始收東西了，黎顏驚訝地看著莫榛：「榛榛，你怎麼不叫醒我？」

「我看妳睡得那麼熟，實在是不忍心叫醒妳。」莫榛嘴角掛著笑，把她從沙發上拉起來，「時間不早了，我們先去吃午飯，然後直接去片場。」

「好。」黎顏跟著莫榛往外走，剛走沒兩步，就被一位美女叫住了。來人是DS公司公關部經理佟婉，就是happy bathday沐浴乳的生產商，全球知名的日系品牌。

佟婉向莫榛打了個招呼，目光在黎顏身上停留了幾秒，「這位難道就是最近傳得沸沸揚揚的模特兒妹妹？」

黎顏突然有些難為情，在這樣一位成熟的大美女面前，她覺得自己就像尚未發芽的豆芽菜。

「妳好，我叫佟婉，是DS國內分公司的公關部經理。」

「妳、妳好。」黎顏握了握佟婉伸出的手。

「我看過妳拍的照片，很不錯，希望能有機會和妳合作。」佟婉說這話只是出於公關的習慣，不過聽在莫榛耳裡，就像是意有所圖了。

「她是我的助理，不接廣告。」

佟婉看著神色冷下來的莫天王，瞬間露出了然的表情。她揚起嘴角，對著莫榛笑了笑，「那不知道有沒有機會和莫天王聊兩句？」

「十分鐘。」莫榛看了看時間，轉頭對黎顏道，「妳先去車上等我，我馬上來。」

「好。」黎顏接過車鑰匙，坐電梯下了樓。

找到車子後，她正想拿鑰匙開門，就聽見身後傳來一聲口哨聲。

黎顏回過頭，一個穿著西裝的男人正靠在旁邊的車上看著自己，那愛現的樣子……她默默把頭別開。

「妳就是之前和莫榛拍照的模特兒吧？」男人朝她走來，眼神中還閃爍著猥瑣的光，幸好黎顏沒看見，「我叫高天成，妳應該聽過我的名字。」

黎顏的眼角抽了抽，「甜橙我倒是吃過。」

「呵呵，很幽默。」高天成乾笑兩聲，有些意外地道，「難道妳都不看《星祕》的嗎？」

《星祕》是專門報導明星小道消息和花邊新聞的雜誌，高天成雖然不是明星，但是他上雜誌的次數比莫榛還要多，簡直可以說是《星祕》的當家小生，不知道有多少狗仔靠挖他八卦生存。

並非明星的高天成為何如此受到狗仔青睞？主要還是因為他有一個有名的爸爸。

高氏傳媒是國內首屈一指的娛樂公司，其影響力和知名度都不輸凱皇。作為高氏集團的小開，高天成每天的工作就是把妹和花錢。其實狗仔們也不想一直盯著一個圈外人，只是他實在是太好挖新聞了，今天跟這個女藝人約會，明天跟那個小嫩模開房，只要跟著他，就不愁挖不到新聞。

現在見業界出了名的花花公子突然纏上一個小美女，躲在角落的狗仔頓時精神抖擻。咦，那個小美女看起來很眼熟啊，不是《TOMATO》雜誌上跟莫天王拍照的模特兒嗎？狗仔的眼神變得犀利起來，據小道消息顯示，這個模特兒應該是莫榛的助理。

這麼說，莫天王也在附近？

狗仔端著相機的手都有些發抖了，他覺得他即將挖到一個大新聞，從此走上人生顛峰！

高天成渾然不覺，還在繼續搭訕黎顏，「我看過妳拍的照片，妳想找經紀公司嗎？」高天成拍了拍自己的衣領，清了下嗓子道，「我是高氏傳媒的……開發部總監，我可以找最好的經紀人捧妳。」

「不用了，謝謝。」黎顏的另一隻眼角也要開始抽搐了，最近是出了什麼問題，怎麼大家拚了命地想簽她？

「別拒絕得這麼快嘛，妳可以慢慢考慮。」他往黎顏的方向走了兩步，爪子也伸了過去，「不如一起吃個飯吧。」

黎顏躲開了他的狼爪，覺得有點手癢，她已經多久沒揍過變態了？

高天成撲了個空，不開心地皺了皺眉，這個小美人真冷淡。

不過，他喜歡。

「只是吃個午飯而已，我又不會吃了妳。」身為變態，當然要有足夠厚的臉皮，還要有越挫越勇的精神，於是高天成的爪子第二次朝黎顏伸了過去。

黎顏還在想是一拳打他臉上呢，還是直接攻擊下半身，耳邊就一陣風聲呼嘯而過，高天成已經躺在地上了。

莫榛不知是什麼時候來的，頭髮有些凌亂，還微微喘著氣。他動了動手腕，上前一步看著地上的人，「高天成，你敢碰她一下試試？」

第六十九章

示愛

莫榛這一拳打得不輕，從高天成落地時的聲響就能聽出來。被揍趴在地上的高天成抹了抹嘴角，手背上染了一層淡淡的猩紅，「呵，莫天王動手打人，明天的頭條可真夠分量。」

莫榛微微瞇了瞇眼，眼裡怒火還沒有完全消散下去，「她是我的助理，你最好離她遠一點。」

「助理？」高天成就像聽到了笑話似的，冷笑一聲從地上爬起，「哼，看你這麼緊張的樣子，我還以為她是你老婆呢。」

莫榛沒有說話，只是有意無意地往狗仔藏著的方向看了一眼，轉身拉著黎顏上車，「我們走。」

黎顏看了一眼高天成，後者見她回過頭來看自己，還笑咪咪地揮了揮手。黎顏翻了個白眼，跟著莫榛上了車。

從DS公司的地下停車場出來，莫榛都一言不發。

黎顏看著明顯在生氣的某人，哈哈地笑了兩聲，「榛榛，你剛才為什麼要來救他？我本來準備把他人工閹割的。」

「……」莫榛平緩了一下情緒，才道，「妳沒事吧？」

「沒事，我從幼稚園開始就打變態了！」黎顏的表情很自豪，想當年她可是大家心目中的救星呢。

莫榛突然覺得自己多此一舉了，能把高天成人工閹割，也算是為民除害了。見他的神色緩和下來，黎顏總算鬆了一口氣，「榛榛，明天不會真的上頭條吧？」

雖然才加入凱皇不久，她也知道公司對負面新聞很反感，打人這種事，如果對方故意鬧大，甚至可能被起訴。

「我會解決的。」話雖這麼說，但高天成可不是什麼好人，絕不會就這樣算了。而且高天成身邊十之八九有狗仔，萬一被拍到就更麻煩了。

儘管莫榛知道剛才停車場裡有狗仔，他還是忍不住揍了高天成。

黎顏也覺得他是在安慰自己，雖然她不認識那個什麼甜橙，但聽他說自己是什麼開發部總監，如果真的爆出「莫榛動手打人」這種新聞，一定會造成很大的負面影響。

莫榛側過頭來看了一眼，對著她笑了笑，「妳現在最好想想待會要吃什麼。」

黎顏的嘴角動了動，卻沒再說什麼。

停車場裡，高天成揪出了一直跟拍自己的男記者。

男記者看著眼前氣勢洶洶的高天成，想到他曾經用相機敲破了記者的頭，頓時覺得自己的頭也開始痛了。

「大俠饒命！我剛才什麼都沒拍到！」

「沒有拍到？」高天成眼裡的寒光乍現，「那我這一拳豈不是白挨了？」

男記者一愣，有些無辜地眨了眨眼，「你的意思是……？」

「看到我的傷了嗎？這就是莫榛剛才打的。知道明天的頭條該怎麼寫了吧？」高天成指了指嘴角的傷，那一團青紫帶著血絲，看起來就很痛。

「明白了明白了！」男記者點頭如搗蒜，高天成調戲良家婦女絕沒有莫天王打人來得有噱頭。

做狗仔的人都知道什麼新聞會紅，什麼不會紅。剛才他還因為忌諱莫榛而猶豫要不要把照片公布出來，現在既然有高公子撐腰，那就可以放心刊登啦！

男記者開心地回公司去，開始撰寫扭轉他人生的劇本，哦不，是新聞。

莫榛的車最後在天下居停了下來，黎顏能想到的食物都是路邊攤，顯然莫榛是沒辦法在那裡吃飯的。

所以最後他提議去凱旋門。

只是到了之後，黎顏才發現這裡就是之前向雲澤帶她來的地方，而且他好像也把這裡稱呼為凱旋門。

「這裡的菜品很精緻，特別是炸小魚，妳一定要嘗嘗。」莫榛和黎顏走進電梯，見黎顏直盯著自己，不禁揚了揚眉，「怎麼了？」

「榛榛，你認識一個叫向雲澤的人嗎？」

「……」為什麼會突然提起他！「向雲澤？」

「嗯，而且我只聽過你們兩個稱呼這裡為凱旋門。」

「……呵呵，是嗎？」感覺好像……瞞不住了呢。

「啊，那你也認識那個給他冰棒的女生嗎？」

莫榛吸了一口氣，微笑著看著黎顏，「他是怎麼跟你說的？」

在等上菜的時間裡，黎顏講述了一個浪漫又熱血的愛情故事——少年愛上了少女，為了保護少女，他單挑隔壁街的不良少年，雖然渾身負傷，但勇敢的少年終於戰勝了他們，從美麗的少女那裡得到了一支冰棒。

莫榛覺得要找時間和向雲澤好好談一談了，而且最後那支冰棒，其實是向雲澤付的錢。

「我和他的確從小學開始就是好朋友，因為我的身分特殊，他應該是不想增加不必要的麻煩，才瞞著周圍的人。」

「那，」黎顏思考了一下這句話，「清揚也不知道囉？」

「清揚？」莫榛的眉頭動了動。

「就是我的好朋友，你的超級粉絲。哦對了，她FB用的名字是水煮檸檬。」

啊，原來是她。

「不過她知道我和你拍照之後，已經幾天沒理我了。」想起這件事，黎顏還有點惆悵。以前讀書時跟清揚吵架，從來沒有超過一天，現在為了一個男人，竟然跟她冷戰好幾天。

「她不知道妳是我的助理？」

黎顏搖了搖頭，「不知道。」

「那就好，她知道的話可能會直接跟妳絕交。」

「……」這個時候不安慰她也就算了，但是也不用落井下石吧？

服務員上好菜後，莫榛夾了一條炸小魚到黎顏碗裡，他還記得當時阿遙吃不到這個，眼神有多哀怨。

「謝謝榛榛！」

莫榛看著她開心地吃起小魚，狀若無意地道：「對了，雲澤他什麼時候帶妳來過這裡？」

「情人節的時候啊，他在這裡跟我表白。」

「……」這頓飯不用吃了！

看著莫榛突然沉下去的臉色，黎顏小聲地補充一句：「不過我已經拒絕了。」好吧，這個他知道，他還跑到酒吧去找人，結果他們說人被接走了。

「榛榛？」見他出了神，黎顏試探地叫了一聲。

「嗯？」回過神，他又夾了一條小魚到她碗裡，「吃飯吧。」

「榛榛你也吃。」黎顏禮尚往來地往回夾一條。

莫榛看著碗裡的魚，有些不自然地道：「咳咳，對了，ＤＳ送了我幾套最新產品的試用組，妳拿去用吧。」

黎顏從碗裡抬起頭，一雙大眼睛眨也不眨地看著對面的人。

Happy bathday 打著「送給女友最好的生日禮物」的名號，男性送這個給女性，無異於示愛。

「謝謝。」即使只是試用組，黎顏還是覺得有點羞澀，還有點……開心。

這頓飯吃得很開心，以致黎顏把停車場的小插曲也拋在腦後了。

結帳時，莫榛趁黎顏去廁所的時間打給了唐強。唐強剛在公司吃完午飯，本想睡個午覺，就看到莫榛的來電。

莫名地，他有種不好的預感。「我的第六感告訴我，一定不是什麼好事。」

電話那端的莫榛輕笑了一聲，「你的第六感一向很靈。」

唐強忍不住皺起眉，「到底什麼事？」

「我揍了高天成一拳，而且可能被狗仔拍到了。」

「……」在心裡問候了莫榛一百遍後，他努力讓自己心平氣和下來，「可以告訴我為什麼嗎？」

「他在停車場裡調戲黎顏，我一時沒忍住。」

「呵呵，你是想告訴我，你明知那裡有狗仔，還是揍了他一拳？」

莫榛沉默了一下，唐強又見縫插針地道：「莫天王你還真是狗仔之友，這條新聞夠他們吃一年了。」

他真是想不明白，難道戀愛真的能讓人智商變成負數嗎？莫榛是個多小心謹慎的人，會在這種情況下打人？又不是要世界末日了。

莫榛呼出一口氣，對著話筒道：「你也知道高天成是什麼樣的人，看見他對黎顏動手動腳我還能忍，那我就不是男人。」

這下換唐強沉默了，高天成的風評有多差他不看新聞都知道，被他騷擾過的女孩子更是數不甚數。

「跟著高天成的多半是《星祕》的記者，我會打電話給他們主編的。」就如往常一樣，最後妥協的始終是唐強，「不過他們握著這麼大的料，恐怕不會那麼好說話。」

「我知道，你先去交涉，有結果再跟我聯繫。」見黎顏從洗手間出來，莫榛連忙掛斷電話。

趕去片場後，莫榛便先去化妝了。不得不說他是個非常專業的演員，即使心裡一直擔憂著高天成的事，但也完全沒有影響下午的拍攝進度。

黎顏坐在一邊，看著莫榛剛才給她的沐浴乳試用組，笑嘻嘻地拍了張照，發了一則文。

「#跟風文#我就是想說，其實莫天王之前在紅毯上說的那個人就是我。:)」

擁有一萬多個讚的黎顏，現在一發新文章就會有人留言和分享。她看著飛快彈出來的消息提醒，笑咪咪地點開了查看。

「梨子反應也太慢了吧，現在已經不流行了。」

「少來，他明明說的是我！不服來戰！」

「等等，圖片上的貌似是hb的最新款沐浴乳，梨子妳怎麼會有！」

「哼，送給我我就原諒妳了！」

黎顏看著這則留言頓了頓，清揚終於理她了！只是這個試用組……

「這是別人送我的，我再送出去不太好。:(」

「……」看著留言，陳清揚在內心怒吼了一百次可惡。

第七十章

頭條

莫榛剛走到休息區，就見黎顏一個人對著手機傻笑，那模樣實在很傻，卻讓他的嘴角也不經意地染上笑意。

「什麼事笑得這麼開心？」

「沒什麼。」黎顏關掉FB，遞了杯溫水給他，「要喝水嗎？」

「嗯。」莫榛接過水杯，剛喝了一口，桌上手機就響了起來。看了眼亮起的螢幕，莫榛放下水杯，拿著電話到角落，「怎麼樣了？」

「對方簡直是獅子大開口，軟的硬的都不吃，根本沒有誠意跟我們談。」唐強的語氣聽起來不太高興，事實上他確實不太高興。本來覺得公司禁止藝人談戀愛很不人性，現在他卻覺得這個規定太好了！要是人人都像莫榛這樣，他遲早會英年早逝！

有些煩躁地鬆了鬆領帶，唐強說出自己的看法：「我覺得應該有人在背後給他們撐腰，高天成的可能性最大。」

莫榛冷笑一聲，「你繼續跟他們談，如果他們堅持要報導，那就讓他們報導吧。」

唐強放在領口的手停頓了片刻，才道：「知道了。」

如果對方硬要報導，他們也沒辦法，只是凱皇也不是吃素的，公關部的人不會放過那位記者的。

掛了電話，莫榛擺出一副剛跟老朋友續完舊的表情，從角落裡走了回來。

黎顏還坐在椅子上對著手機傻笑，他悄悄走過去看了一眼，原來是在看FB。

登入帳號，連到黎顏的FB，看著她剛才貼的那句話，莫榛的嘴角忍不住上揚，甚至還默默留言：「我也覺得他說的是妳~」

這則留言剛跳出來，黎顏就愣了一下。以前她並不覺得吃梨子這個ID有什麼特別，只是現在大家都喜歡叫她梨子後，她突然覺得……自己好像被調戲了。

隔天早上，莫榛醒得很早——當然不是自然醒，而是被唐強的電話吵醒的。

自從黎顏來了之後，唐強已經很久沒有親自打來叫他起床了。今天這麼早打來，感覺不是什麼好消息。

「莫天王，想知道《星祕》今天的獨家頭條是什麼嗎？」莫榛一接通電話，唐強的聲音就從聽筒裡傳了過來。

他揉了揉頭頂的亂髮，從床上坐了起來，「念來聽聽。」

「咳咳，」唐強清了清嗓，很有氣勢地讀道，「停車場慘案，莫天王揮拳怒揍高二少！到底是積怨已久還是本性暴露？」

字正腔圓，就連每一個標點符號所飽含的感情都表達得精準到位。

「零分。」

「是給我還是給這個標題？」

「都是。」

唐強掃了一眼手裡圖文並茂的雜誌，給出中肯評價：「標題雖然取得不怎麼樣，但內容很有料，把你揍人的每一個瞬間都拍下來了，高天成臉上的傷也一清二楚。嗯，你下手還真夠重的。」

莫榛在衣櫃裡翻找著衣服，沒有接話，電話裡唐強還在繼續為他解說：「不知道是角度挑得太好還是後期處理過，照片上完全沒有照到黎顏，看上去就像只有你們兩個人。文字內容大概就是你無情你殘酷你無理取鬧。」

「……」莫榛偏了偏頭，把手機夾在肩膀上，一邊扣著襯衫上的鈕釦，一邊問道，「公司打算怎麼處理？」

「我會想辦法要到完整的照片，之後會聯繫和我們有合作關係的媒體。在公司發表聲明以前，你不要對這件事做任何回應。」

「嗯，不考慮今天放我一天假嗎？」

唐強抽了抽嘴角，「如果昨天被揍的那個是你，我會考慮。」

莫榛不以為意地聳聳肩，「停車場裡應該有監視器。」

「DS的警衛告訴我剛好昨天監控出了一點問題。」

「哼，高公子的手還滿長的。」

「我會讓他們交出來的。」

莫榛讚揚道：「不愧是凱皇的王牌經紀人。」

唐強的嘴角又抽了兩下，手下有你這種明星，再來幾個王牌他就要升天了。

「對了，你可以上網看看，星祕的粉絲團很精彩。」

唐強丟下這句話就掛了電話，莫榛去浴室梳洗完，就坐在了電腦前。

星祕的FB也同步更新了「莫天王怒揍高二少」這條新聞，只是沒有雜誌來得豐富，只放了莫天王英勇出拳的瞬間及高二少帥氣倒地的照片。

雖然FB才貼了半個小時不到，但是已經有滿多數量的留言了。

莫榛點開一看，留言一面倒地攻擊他人面獸心、平時裝得溫文爾雅其實內心就是個不安定的暴力分子，連莫榛滾出演藝圈這樣的話都有了。

莫榛的眼角一跳，瞬間有註冊一百個假帳號跟他們對罵的衝動。

看了一下這些帳號的首頁，根本都是特別來留言的假帳號，只有少數幾個醒得比較早的粉絲在努力為他洗白，卻也被集中火力打得連連敗退。

莫榛憤怒地關上電腦，下樓去準備早餐。黎顏還在睡，想到她起來可能就會看見今日頭條，還是讓她多睡一會兒吧。

等到十點多，莫榛的粉絲們差不多都睡醒了，一上網就看見了今天的頭條。看著她們的榛子被攻擊得體無完膚，看著她們的同伴千瘡百孔的屍體，身為一個有情有義的粉絲還能忍嗎？

必須立刻開戰！

於是星祕的粉絲團迎來一場血雨腥風的逆襲。

「莫天王打你？哈哈哈哈，要是我我就閹了你！」

「雖然《星祕》本來就愛亂寫，但是這樣黑榛子，這輩子我打死不買。」

「工讀生也就敢在我們睡覺的時候出來叫囂，有種現在出來啊，今天不上班也要跟你們大戰三百回合！」

「先不說照片真假，首先榛子不可能無緣無故地打人，你有本事報導就報導得完整一點啊！」

「莫天王打得好！我早就看高騷包不順眼了！演藝圈又不是他的後宮！」

「高天成的個人作風演藝圈都清楚，要說莫天王打他，肯定是他做了什麼被人教訓了就跑出來黑人？呵呵，你說怎麼就沒有把你打死呢？」

「等等，難道是高騷包對榛子意圖不軌，所以榛子一怒之下揍了他？」

此時，海角論壇上也熱烈討論起來。

有粉絲掃描了《星祕》的內頁放到網路上，留了一句「我只放圖不說話，請大家自由地……」

「現在大家看到的就是莫天王揮舞出正義的一拳，捍衛演藝圈正義的精彩一瞬間！」

「只有我一個人看到這則報導的反應是這樣嗎？高人渣終於被打了！」

「FB上有人說，是高騷包調戲榛子，榛子才出手打人的。」

「畢竟榛子如此美味，哦不，帥氣，高人渣把持不住也是人之常情。」

「高騷包敢調戲莫天王？看我天馬流星拳——！」

清晨的江家老宅，大師兄拿著一本雜誌奔跑在陽光普照的花園裡，「師父，快來看啊！上次占小師妹便宜的那個小子打人了！」

把雜誌攤在桌上，大師兄沒等江老爺子開口，就主動解釋道：「這是上次那個帶雜誌的女生帶來的！」作為一個男子漢，他絕對不看這種低級雜誌！

江老爺子拿起雜誌研究了一陣子，回道：「這個右勾拳很帥氣，看來是練過的。」

「……」大師兄無語，為什麼師父每次抓的重點都不對！「他打人了啊！您說過的，習武之人最忌諱的就是跟普通人動手！」

平時您教育我們時的那股霸氣呢？快罵他幾句啊！

「此人賊眉鼠眼，看上去就像心術不正之人。」江老爺子抬起頭，看著大師兄嘴角那抹還沒完全綻放的微笑，補充道，「我說的是那個被打的人。」

「……」大師兄痛心疾首。

師父，不能因為那個人長得帥就幫著他啊。

◐ ◐ ◐

打了一個晚上文章的陳清揚，剛睡醒就在FB上看到「莫天王打人」的消息，頓時清醒了。看著之前那些工讀生的刻意抹黑，她真想一人揍他們一拳。

一氣之下，她也加入了戰局：「呵呵，工讀生反過來說我們是工讀生，再繼續亂說啊！是，我就是莫天王的工讀生，不服來辯啊！」

黎顏躺在床上玩手機，剛打開FB就看見陳清揚的留言，她的心頓時咯噔一聲。點開原文，血紅色的「慘案」兩字嚇了她一跳，但下面的報導才是最讓她憂心的。

她急急忙忙從樓上衝下去，還不忘拿著手機，「榛榛，真的上頭條了！」

莫榛已經吃完早餐好一陣子了，正坐在沙發上喝咖啡。看著小跑過來的黎顏，有些不自然地別開了目光，「妳的肩帶掉下來了。」

「……」黎顏默默地把肩帶撥回肩上，重點不是這個吧！

顧不上害羞了，她直接走到莫榛身旁坐下，把手機遞到莫榛面前，「這篇報導完全是歪曲事實，我要去消費者保護協會檢舉他們！」

「……」莫榛心想，消費者保護協會還管這種事？真是一個人性化的組織。

他往黎顏的方向側了側頭……唔，這個角度似乎視野更好了。

「榛榛？」黎顏見莫榛低著頭不說話，小聲地叫了他一下。

「總之，公司會解決。」他吸了吸鼻子，把頭別了過去。

「那我們就等公司解決，什麼都不做嗎？」黎顏又往莫榛的身邊挪了一下。

「嗯，公司會處理的。」他真的懷疑她是不是在故意勾引他，如果是的話……那他就不客氣了！

當莫天王一個人在內心澎湃之際，唐強的電話來了。他皺了皺眉，接起電話，「有結果了？」

「不是，我看了網路上的留言，突然覺得不用找黎顏的照片了，高二少調戲你這個理由滿好的。」

「……再見。」

他正打算掛斷電話，唐強又在那頭急忙喊道：「等一下！我剛才出去了一趟，回來時辦公桌上就多了一個隨身碟，裡面有高天成和黎顏的照片。」

莫榛的眉頭動了動，唐強又繼續道：「我問過韓梅梅，她說沒人進來過，我又查了監視攝影器，確實沒人進過我的辦公室。莫天王，你覺得呢？這事是不是有點靈異。」

莫榛抿了抿唇，問道：「你說是纏上你還是纏上我了？」

「這麼見義勇為的鬼，當然是纏上我了。」唐強講完自己也覺得不好意思，清了清喉嚨道，「咳咳，我已經把照片發給媒體了，他們寫好稿就會發布在網路上。等新聞出來後，你再發表聲明，順便道個歉。」

莫榛皺了皺眉，雖然他覺得完全沒有跟高天成道歉的必要，但畢竟是他打人，作為一個公眾人物，對社會造成了不好的影響，還是道歉比較好。

「我知道了。」

「還有，公司可能會公開黎顏是你助理的資訊，否則不好解釋她和你一起出現在DS的停車場。」

莫榛想了想，道：「可以，我沒意見。」

還沒有掛斷唐強的電話，向雲澤的電話又打了進來。他看了一眼螢幕上的名字，又看了一眼身邊的黎顏，起身走到陽臺接電話。

「向博士，今天怎麼有空打給我？」

向雲澤笑了笑道：「當然是為了慶祝你上頭條，我看見他嘴角的傷都覺得痛，你的手痛嗎？」

「……」可惡，這個損友！

「不過是什麼事讓向來優雅的莫天王生這麼大的氣，下手這麼重？」

「他調戲黎顏。」

「……你應該再打重一點。」向雲澤瞬間換了態度。

莫棒點點頭，「嗯，我也覺得。」

走回客廳時，黎顏正在用客廳的電腦上網，看到莫榛走來，她興奮地把電腦推了過去，「榛榛你看，有媒體幫你洗白了！」

莫榛在沙發上坐下，沒想到《星聞三十分》的效率這麼高。比起《星祕》譁眾取寵的標題，這篇報導的標題要沉穩大氣許多。

「高天成伸狼手，莫榛為護助理正義出拳！」

報導一出來，就引來莫榛粉絲的瘋狂分享，而且還有一個叫貞子二號的帳號，在FB和海角論壇同時公布了一段錄影，內容為《星聞三十分》那組照片的影音版。

很明顯，這是停車場的監視攝影器。

莫榛大概猜到了貞子二號是誰，翻了翻白眼，分享了《星聞三十分》的F

B，並發表以下聲明：「很抱歉引起騷亂，關於事情的來龍去脈相信大家已經清楚了，我也不再多做解釋。打人確實是我的不對，對社會大眾做了不良示範，對此我深表歉意。以後再遇到這種情況，我會克制自己不再衝動地上前打人，即使對方是個人渣。」

第七十一章

婚事

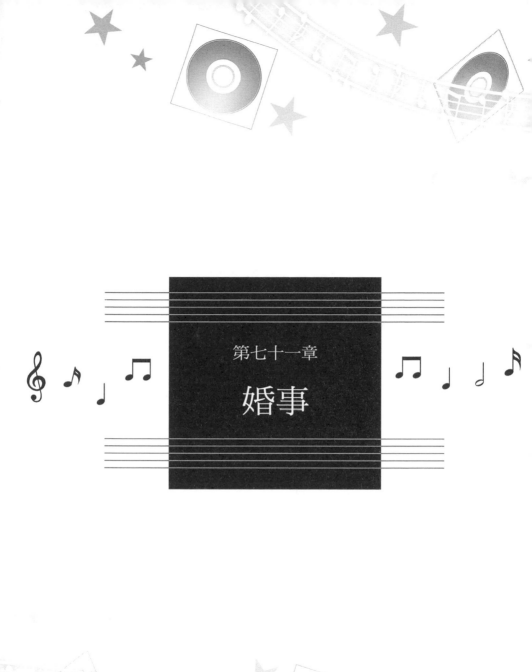

《星聞三十分》的報導剛出來時，大家都忙著分享，沒仔細看內文。直到莫榛發表聲明，整件事算是告一段落後，粉絲才有心情細看報導。

可是等等……

為護助理正義出拳？榛子什麼時候有助理了？不是一直都是經紀人在照顧他嗎？

再等等，助理竟然還是女的？

而且為什麼看上去那麼像之前雜誌上的那個模特兒啊！

雖然照片和影片都不太清晰，雖然黎顏的穿著和打扮跟在雜誌上完全不同，還是逃不過粉絲們的火眼金睛。

很快便有網友用雜誌照片和新聞照片做了對比圖，貼到了海角論壇上。

「我眼睛不好，大家來幫忙看看是不是同一個人？」

論壇上的粉絲們積極地回應了樓主號召，經過專家團的仔細比對，確認兩張照片上的為同一人，於是今天的第二大熱門消息就這麼誕生了。

「你所不知道的模特兒妹妹！真實身分是莫天王的私人助理！」

陳清揚之前發了怒罵工讀生的文後，就一直在論壇裡待著，本來打算查查那個貞子二號的IP，結果卻突然跑出這條消息。她的心咯噔一下，一股沒來由的緊張感從頭頂迅速蔓延到四肢，她覺得整個人都不好了！

滑鼠在這篇文章的標題上來回移動幾次，陳清揚終於吸了一口氣，鼓足勇氣點了進去。

這篇文章的樓主將熱心網友的比對圖和論壇粉絲的分析都整合在一起，方便那些沒有耐心爬文的人。

陳清揚看到黎顏的照片後，只覺得腦袋轟的一聲，像有一道閃電直接從印堂劈了下來，整個世界都不好了！

她坐在電腦前，驚恐地看著黎顏的照片。她們竟然說大力是莫榛的助理！哼，她怎麼不知道大力是莫榛的助理？造謠也算是犯罪喔！

「本文觸犯版規，請勿再回文！」

鎖了這篇文，陳清揚還覺得不過癮，順便把樓主和之前那個熱心網友的IP一起封了。

她這一封，論壇裡的粉絲們徹底憤怒了。

「版主了不起啊，版主就可以亂鎖文亂封IP嗎？有種鎖文就有種開門啊！」

「……樓上冷靜，我覺得可能是版主大大的精神病又發作了。」

「有病就回家吃藥啊！在這裡亂咬人幹嘛？是精神病還是狂犬病？」

「對待病人要有一顆寬容的心，她鎖了一篇文，我們就再發一篇，她只有一個人，而我們有成千上萬的人！看誰快得過誰！」

此時，首頁又發了一篇關於模特兒妹妹的文，粉絲們全都轉移到這裡繼續八卦。

陳清揚氣得眼睛都快噴火了，造謠還順便污蔑本版主，造反了！

正準備把這篇文也鎖了的時候，她的目光不小心掃到了三十八樓的回覆。

「我覺得版主大大只是接受不了模特兒妹妹是榛子助理的事實。」

一針見血……才怪！

誰接受不了啊！明明是她們在這裡造謠還亂罵人！

「天啊，剛才那篇文也被鎖了！版主大大已經進入了瘋魔狀態，非戰鬥人員請盡快撤離！」

「版主大大，今晚十點光明頂，生死之約，不見不散。」

「我已經去投訴她了，其他版主應該很快就會處理的。」

「樓上+1，我剛剛也去投訴了，版主應該按照版規鎖文而不是個人喜好。」

其他兩位版主很快就處理了這件事，被陳清揚鎖住的文和ＩＰ都被解禁，就連總版主也找上她聊了聊。

談話的結果是，她被停職一個月。

「啊啊——！」

陳爸爸手裡削了一半的蘋果應聲而落，他看了一眼傳出咆哮聲的房間，有些憂傷地對身旁的陳媽媽道：「媽媽，我覺得我們女兒的病情好像越來越嚴重了。」

陳媽媽很淡定，「不要擔心，沒有病的人還不好意思說自己是作家呢。」

「……」陳爸爸沉默了。

陳清揚咆哮完，登入ＦＢ發表了一條新文——「假如生活欺騙了你，不要悲傷，不要心急！憂鬱的日子裡需要鎮靜：相信吧，快樂的日子將會來臨。」

讀者甲：……

讀者乙：這首詩我知道，是普希金的《假如生活欺騙了你》！我前幾天才剛背過！

讀者丙：（⊙ｖ⊙）檸檬又受什麼刺激了？

讀者丁：我只希望這不是斷更的前兆。

幾分鐘後，陳清揚又發了一篇文——「我的狂犬病惡化了，可能會持續斷更很長一段時間。」

讀者們欲哭無淚，喜歡上這樣的作者，他們也是很辛苦的。

退出FB，陳清揚又拿手機翻出了黎顏的電話號碼，「今晚十點光明頂，生死之約，不見不散。」

「……」黎顏心想，這是決鬥狀嗎？可是……至少告訴她光明頂的地址啊。

她看了一眼在前面拍戲的莫榛，走出去打給了陳清揚，電話剛響一聲就被掛斷了。她不甘心，又打了一通過去，又是一聲就被掛斷。

黎顏抽了抽嘴角，好吧，既然這樣，那妳就一個人在光明頂上等著吧。

自從《星聞三十分》揭穿了她的身分後，她已經接到許多詢問的電話了，有家人、朋友的，她本來還在擔心要怎麼跟清揚解釋，但對方不接她電話，好像也沒有解釋的必要。

另一方面，高天成這次沒害到莫榛，自己卻碰了一鼻子灰，一團火氣積在胸口無處發洩。旁邊的朱鵬見他一個勁兒地喝悶酒，幫他出了一個餿主意：「二少，莫榛後臺太硬，不好對付，但是他那個助理應該很好對付吧？」

高天成的眼睛一瞇，放下了手裡的酒杯，「什麼意思？」

「你不是喜歡那個助理嗎，我幫你弄來！」

高天成明顯動了心，可是又有些忌憚莫榛，「莫榛好像很在意那個助理，這樣做他可能不會善罷甘休。」

「呵呵，那你就忍得下這口氣嗎？」

他當然忍不下！

他出來混了這麼久，什麼時候怕過誰！這次事件不僅讓他丟盡了臉，還讓他被老爸狠狠地訓了一頓，怎麼可能就這樣算了！而且他想不通，照片和影片到底是怎麼洩露出去的？

高天成轉過頭，下定決心道：「好，你說要怎麼做？」

朱鵬神祕一笑，「交給我吧，你就不用操心了。」

打人的事情過去沒幾天，黎顏就得到了一天休假。難得劇組不拍攝，莫榛又沒有其他工作，她終於可以回家，不用再被媽媽抱怨了。

莫榛本來想那天睡夠了覺就帶她出去吃大餐，但想到她確實很久沒回家了，便點點頭同意了。

至於他，就在家裡睡一天吧。

這天雖然是上班日，但是因為黎顏難得有假，黎媽媽還是召集了親戚們到江家老宅集合，並約黎顏來這裡吃午飯。

一聽到出席人員的名單她就鬱悶了，這哪是吃飯，分明是準備對她進行三堂會審。

之前瞞著家人當了莫榛的助理，一方面是因為公司規定，另一方面也是因為她覺得家裡對演藝圈的接受度不會太高。雖然她只是去當助理，並不算真正的圈內人，但是偏偏就發生了高天成這件事，家裡人應該對這份工作更不滿了。

這些事她不敢跟莫榛講，萬一他決定跟著來就麻煩了。想到師兄們的武力值，她只能笑著對莫榛道：「榛榛，我出門了。」

莫榛看了她一眼，點了點頭，「嗯，早點回來，明天一早還有工作。」

「知道啦！」黎顏揮了揮手，就歡快地奔了出去。

出門時計程車已經等在外面了，還是莫榛幫她叫的車。六月上午的陽光不會太刺眼，曬在人身上的溫度也剛好。路邊矮牆上爬滿藤蔓，一大片一大片的互相纏繞，鮮翠欲滴。

計程車司機欲言又止地看了後視鏡一眼，忍不住道：「小姐，我覺得後面有一部車似乎一直跟著我們。」

「嗯？」黎顏有些訝異地別過頭，往後面看去。一排排車輛整齊有序地行駛，看不出哪輛是在跟著他們。不過話說回來，跟著她幹嘛？她既不是明星也不是政商人士，誰大清早的這麼閒？

司機說：「就是那輛黑色的車，一路跟著我們。」

黎顏皺著眉頭想了想，轉回頭道：「沒關係，不用理那臺車，反正馬上就要到了。」

雖然她這樣說，可是司機不放心啊。現在社會這麼亂，這麼漂亮一個女孩子很容易吃虧的，而且他認得她，前陣子才被一個流氓騷擾過不是嗎？

「還是我把車開到警察局去？」

黎顏道：「沒關係，我外公家是開道館的，要是他們真的跟著我去了道館，吃虧的肯定是他們。」

江家老宅這一帶的治安特別好，他們道館功不可沒呢。

「你在前面路口停車就可以了，不用開進去。」

聽她這麼說，司機也沒再追問，他把車停在路邊。

下車時，她特意往後看了一眼，果然有一輛黑色的轎車也停了下來。她撇了撇嘴角，光天化日，前面還有交通警察呢，他們敢直接把她擄走？

拐進了前面一個小巷子，大約走三、五分鐘，就能到江家老宅了。身後的腳步聲聽起來像是在奔跑，黎顏也下意識地加快了腳步，感覺到一隻手朝自己伸了過來，她直接抓著那隻手來了一個過肩摔。

咚一聲悶響，一個穿著黑西裝的男人被摔在前面地上，手上還握著一條小毛巾。後面幾個人顯然沒有想到劇情會進展得如此戲劇化，一時之間都有些茫然，還是男人痛苦的呻吟聲讓他們回神。

另一名男人見狀，上前就要抓她的手臂，黎顏一個反手，直接屈膝，擊中了男人最脆弱的地方。只聽一聲哀嚎，手上力道也鬆了，男人捂著自己的下半身在原地跳來跳去。

她轉過身，將胸前的一縷長髮撥到背後，看著剩下的兩個人，笑著道：「姐姐已經五百年沒揍過人了，你們既然來了，就得陪我好好玩玩。」

「……」男人們面面相覷，他們來之前可沒聽說對方是個女打手啊！

「嘿！」黎顏咧嘴輕笑了一聲，和她面對面站著的人還沒來得及退後，一個後旋踢已經伴隨著她飛舞的黑髮掃在他身上。

咚！又一個西裝男倒在地上。

黎顏側了側頭，看向最後一個人，「我說，你們穿西裝不方便打架啦。」

「救命啊！」形單影隻的西裝男轉身朝巷口逃去，跑了還沒兩步，就被面前的壯漢擋住了去路。

壯漢真的很壯，西裝男在他面前一下子就顯得很迷你。而且他那胸肌，一看就知道是練過的，如果他手裡拿的是武器而不是兩顆白菜的話，這個畫面就更合理了。

「大師兄，怎麼不走了？」壯漢身後傳來一道不耐煩的聲音，西裝男的目光越過面前的壯漢，然後看見了……五個壯漢。

壯漢們手裡提著各式各樣的蔬菜還有雞鴨魚肉，像是剛從菜市場回來。

「小師妹，怎麼啦？」

黎顏指了指地上的西裝男，道：「他們好像是來綁架我的，可惜身手太差，也不知道是跟哪個師父學的。」

「什麼，綁架？」師兄們嚇得差點把手裡的菜都扔出去，「全都綁回去，交給師父處置！」

下一刻，江家大院裡，四個被五花大綁的西裝男整齊地跪成一排。

原本要審問黎顏的三姑六婆團也轉而審起他們。西裝男大概是被這個陣勢嚇到了，交代得特別清楚，一下就把主使人供了出來。

「朱鵬？我不認識這個人啊。」黎顏疑惑地眨了眨眼，她聽都沒聽過這個名字，這個人為什麼要綁架她？

「其他的我們也不清楚，我們都是聽命行事，他們只說把妳帶回去就好。」

大師兄皺了皺眉，看向坐在最正中的老爺子，「師父，你聽說過這個名字嗎？」

江老爺子搖了搖頭，「沒聽過。」

「小六子！」大師兄轉過頭，對著六師兄喊了一聲，「去查查這個叫朱鵬是什麼人。」

「好的！」六師兄應了一聲，就往屋外跑，卻和一個急急忙忙的身影碰個正著。他停下腳步，看了眼前的人一眼，戴個大墨鏡在臉上，露出來的半張臉還滿帥的嘛。

「榛榛？」黎顏看著從大門進來的人，不可思議地道，「你怎麼來了？」

莫榛摘下墨鏡，朝她的方向走了過去，「計程車司機打電話給我，說有車跟蹤妳，妳沒事吧？」

黎顏搖了搖頭，指了指地上跪著的四個人，「就是他們。」

莫榛的目光落在四人身上，四人集體打了個寒顫。

「誰讓你們來的？」莫榛冷著一張臉，連聲音都跟著冷了下來。

雖然院子裡陽光普照，西裝男們卻覺得寒如嚴冬，「朱朱朱朱朱鵬！」

「說清楚，到底幾個朱！」

「一個朱！」

喊完這句話，西裝男們齊齊鬆了口氣，嗚嗚，莫天王比對面的壯漢還可怕。

莫榛的眉峰動了動。朱鵬，高天成的朋友，經常跟著他廝混。很好，看來對方完全沒有把自己上次的警告聽進去。

審問結束，院子裡突然安靜了起來，莫榛這才察覺到院子裡所有人的目光都集中在他身上。

身為一個天王巨星，他最習慣的就是被人盯著看，可一想到這裡是黎顏的家，這些都是她的家人，他就有點……拘謹？

就在他構思著開場白的時候，江老爺子已經從椅子上站起，「這位是莫先生吧？你好，我是顏顏的外公。」

莫榛本來想來個握手禮的，在出手前一秒還是改成了鞠躬，「您好，我是莫榛。」

黎顏連忙跳到莫榛身旁介紹道：「外公，這就是我的老闆，他一直很照顧我。」她拉著莫榛的手臂，轉向大師兄他們那邊，「這位是我的大師兄，剛才你差點撞上的是六師兄，剩下的就是二三四五師兄。」

「大師兄你好。」莫榛的話還沒說完，大師兄已經揮起一拳朝莫榛揍去。莫榛一把推開身側的黎顏，猛地偏了偏身體，險險躲過這一拳。

「誰是你的大師兄，不要亂叫！」大師兄又握起拳頭。

黎顏見情況不妙，連忙擋在莫榛身前，「大師兄你不要亂來，小心我揍你哦！」

「……」大師兄的心碎了一地。

那個小時候天天跟在他後面的小師妹，現在要為了另一個男人揍他……大師兄咬著唇到樹蔭下療傷去了。

其他的幾位師弟同情地看了他一眼，雖然可愛的小師妹被臭男人搶走的感覺很差，但是他們不得不承認，這男人長得很帥，而且還躲過了大師兄揮出的一拳，看來不是個虛有其表的小白臉。

最重要的是，師父好像很喜歡他啊！

「莫先生，失禮了，我這個大徒弟腦子不太好。」

嗖！大師兄的膝蓋上又中了一箭。

「沒關係。」莫榛不介意地搖了搖頭，看向一旁釋放粉紅泡泡的三姑六婆團。

「呃，這是我的姑姑和阿姨們，她們……平常不是這樣的。」黎顏扶額，她們不是準備來遊說她辭職的嗎？怎麼見到本人就變了態度！

莫榛跟她們打過招呼，禮貌地笑了笑，空氣裡粉紅泡泡的濃度又攀升了一個等級。

「莫先生，你是不是認識他們剛才說的朱鵬？」雖然話題老早就跑偏了十萬八千里，但是江老爺子還沒忘記這件事。

莫榛點了點頭，「認識，是上次被我打的那個人的朋友。」

江老爺子沒說話，似乎是在思考。

莫榛下意識地把黎顏往自己身邊拉了拉，對江老爺子道：「他應該是衝著我來的，這件事就交給我處理吧，我保證不會再讓他靠近黎顏一步。」

「你保證？你拿什麼保證？」大師兄從樹底下跳了起來，「要不是因為小師妹會武功，早被他們幾個綁走了！」

莫榛皺了皺眉，握著黎顏的那只手愈發用力了。黎顏看了他一眼，轉頭對大師兄道：「所以說我根本不需要別人保護嘛，我可以自己保護自己的！」

莫榛凝眸看著他，抿著嘴角沒有說話。

江老爺子咳了一聲，終於發話了：「顏顏是我的外孫女，她的事我不能不管。莫先生是公眾人物，很多事情不方便出面，這件事還是我來處理吧。」

莫榛不知道江家的背景，但是看人的本事還是有一點的。這位江老爺子，一看就知道不是什麼泛泛之輩。他點了點頭道：「好。」

協商完成，江老爺子又打量起莫榛來。那犀利的目光落在自己身上，就算是莫榛也有點受不了。好在沒過多久，江老爺子就開了口：「不知道莫先生中午有沒有空？顏顏的爸媽待會兒也要過來，不嫌棄的話，就在寒舍吃一頓便飯吧。」

黎顏也覺得有點尷尬，這種女婿等著見丈母娘的既視感是怎麼回事？她還沒做好心理準備，不，連丈母娘都還沒做好心理準備啊！

「那就謝謝外公的款待了。」莫榛露出一個十分紳士的笑容。

大師兄一聽，眉皺得更緊了。等等，誰是你外公啊，亂叫什麼！

見莫榛跟著江老爺子就往屋裡走，六師兄急吼吼地叫道：「師父，他們怎麼辦？」

地上跪著的西裝男們配合地看向江老爺子，眼神泛著淚光。

「放了吧。」

嗚嗚嗚，終於得救了！

一整個上午，莫榛都在屋裡陪江老爺子聊天，黎顏則坐在一邊，時不時地給他們倒茶倒水，畢竟一直說話容易口渴。

快到十一點時，黎顏的父母來了。

黎爸爸一眼就認出了莫榛，「你就是那個占我女兒便宜的小子！」

大師兄的眼睛一亮，覺得自己找到盟友了！

黎媽媽的眼睛也一亮，「活的莫天王啊！對了新一季的沐浴乳什麼時候才上市啊，我期待好久了！」

「……」黎爸爸不敢置信地看向妻子，老婆妳這個叛徒！

莫榛從椅子上站了起來，禮貌地向兩人打了招呼，才對黎媽媽道：「沐浴乳的試用組我送給黎顏了，您喜歡的話可以跟她拿。」

「真的嗎！」黎媽媽欣喜地看著女兒。

黎顏扯了扯嘴角道：「知道了，下次拿一套給妳。」別以為她不記得她的沐浴乳不是用這牌的，人家那是少女系列好嗎！

黎爸爸拉過黎顏，板著一張臉道：「有個問題要認真地跟妳探討一下，妳之前說妳住在員工宿舍裡，既然編輯這個工作都是假的，那妳住的地方到底是不是員工宿舍！」

「……」黎顏吞了吞唾沫，看著腳尖不說話，打死她她也說不出自己和莫榛住在一起。

「她一直住在我家裡。」

莫榛倒是承認得爽快，可是此言一出，整間屋子都安靜了三秒，然後便是黎爸爸跳著腳要揍莫榛，「我打死你這個臭小子！」

「冷靜點！」黎媽媽抱住黎爸爸的腰，一個勁地把他往後拽，黎爸爸的情緒激動，嘴裡還一直嚷嚷著要打死莫榛。

「……」一個囧字已經不足以表達她現在的心情了。

等到黎爸爸終於沒力氣，漸漸冷靜下來，莫榛還站在原地，連頭髮都沒亂。

「雖然住在一起，但我什麼都沒對她做過。」

大師兄冷笑一聲：「聽你的口氣，覺得很遺憾是吧？」

「……」莫榛心想，其實真的滿遺憾的。

不過絕對不能說出口就是了。

黎爸一瞪眼，用最後的力氣朝莫榛吼道：「你說沒做過就沒做過？就算真的沒做過，顏顏一個黃花大閨女在你家住了那麼久，出去要怎麼解釋！」

莫榛看著他，一雙黑眸就像深不見底的潭水，「我會對她負責任的，她不需要向別的男人解釋。」

「……」黎爸爸一愣，他這理直氣壯的口氣是什麼意思？自己又還沒同意把女兒嫁給他！

黎媽媽一邊給黎爸爸順著氣，一邊安撫道：「你看人家莫天王，長得帥又有能力，關鍵是他對我們家顏顏好啊。身為一個公眾人物都肯為了咱們女兒在記者面前打人了，你還想怎麼樣？」

黎爸爸看了看妻子，再看了看臉紅的女兒，最後看向那位莫榛。

「哼！」鬧脾氣中。

中午吃飯時，黎爸爸甚至故意刁難莫榛，問了非常失禮的問題——戶頭裡有多少錢。

沒想到，莫榛毫不在乎地說了，讓黎爸爸愣在原地。

他輸了！

黎爸爸很挫敗，整個人都蔫蔫的，不再插嘴乖乖吃飯。

因為下午還要工作，黎顏的父母吃完飯就離開了，莫榛也順勢告了辭。見他要走，黎顏也跟著站了起來，「外公，我先走了哦。」

江老爺子笑了一聲，點了點頭沒說什麼。莫榛的車停在路口的一個停車場，有不少來停車取車的人，看見那輛跑車的時候，都會朝它吹一聲口哨。

黎顏覺得，如果跑車有臉的話，現在一定是紅的。

兩人迅速上了車，黎顏側頭看著莫榛道：「榛榛，今天的事你不要放在心上啊。」想起家人剛才的表現，就覺得很丟臉。

莫榛回過頭，看著黎顏眨了眨眼，「為什麼?我可是很認真的。」

黎顏抽了抽嘴角，「認真什麼?」

「當然是我們的婚事。」

「……」

莫榛看了她一眼，「挑個良辰吉日，嫁了吧。」

第七十二章

是她

高天成本來興沖沖地在等朱鵬的電話，可是電話沒等到，卻等到一臉怒氣的爸爸。

高弘偉一進門，就把手提包往沙發上一扔，對著兒子咆哮道：「你這個兔崽子，給我站起來！」

高天成皺了皺眉，自己一天沒出門，又是哪裡惹到他了？他看了一眼跟在高弘偉身後的高天睿，該不會又是大哥在老頭子面前搬弄是非了吧？

「什麼事啊？」高天成把手機裝進口袋，吊兒郎當地站了起來。

「你還好意思問什麼事？」高弘偉指著高天成的鼻子，似乎是氣極了，好半天才緩過來，「我不是告訴過你，不要再去招惹莫榛的助理了嗎！你怎麼就是聽不進去？是不是嫌丟臉還沒丟夠？」

高天成抿了抿嘴角，老頭子的消息還真靈通啊，人還沒有綁回來，他就先來興師問罪了。「是不是又是哥告訴你的？反正你從來是信他不信我。」

「放屁！」高弘偉真是恨不得一巴掌拍死他，「這事還用你哥告訴我嗎？江家的人都直接找到我頭上來了！」

江家？高天成的眸光閃了閃，那個小妞不是姓黎嗎？

高弘偉在原地走了兩步，又指著高天成的鼻子罵了起來：「上次那篇報導一出來，江家的人就來問過我這件事了，我好不容易才搪塞過去。這次你居然還敢找人去綁架？難道要我告訴他們你綁錯人了？」

高天成瞇著眼睛，看著面前暴跳如雷的親爹，「那個江家是什麼來頭啊，至於把你嚇成這樣嗎？」

「呵呵，連江正卿的名號都沒聽說過，就敢去綁人家孫女？」高弘偉似乎是走累了，在沙發上坐下，從懷裡掏出一根煙點燃，「江正卿你沒聽過，江元辛你總聽過吧？」

高天成愣了一下，「不會就是千面佛爺江元辛吧？」

「呵，還算有點見識。」高弘偉由下往上打量著他，吐出了一口白煙。

高天成嘴角勾起一抹苦笑，千面佛爺在江湖上就是一個傳說，他只在小時候聽爺爺講過江元辛的事蹟。那時江家的勢力非常龐大，可以說是站在金字塔頂端，現在他老爸跟他說的江家，該不會那麼巧就是同一個江家吧？

「呵，知道怕了？」高弘偉挑著眉梢，嘴角掛著一抹譏諷的笑，「江家現在雖然洗白了，但在各方面的關係不是說斷就斷得了的。你知道道上有多少叫得出名號的人是江正卿的徒弟嗎？只要他願意，隨時可以往你頭上套個麻袋扔去餵狗！」

「……」雖然他也崇拜過江元辛，不過老爸也不用這樣說自己的兒子吧。

「最後一次警告你，離那個小助理遠一點。世上女人那麼多，你就偏要去招惹江正卿的孫女嗎？」

高天成抿了抿嘴角，雖然他確實滿捨不得那個女孩子的，不過還是性命比較重要。「我知道了。」

「接下來半個月都給我老老實實地待在家裡，不要再出去丟人現眼了！」高弘偉拿過桌上的煙灰缸，摁滅了手上的煙頭，「我真是想不明白，我高弘偉怎麼會生出你這樣一個兒子。」

高天成撇了撇嘴角，「自己品質不好，怪我囉。」

「……」高弘偉被反駁的說不出話了。

兒子，勝。

◐ ◐ ◐

綁架事件後，莫榛不再讓黎顏單獨行動了。雖說黎顏會武功，但是高天成那個人渣會使出什麼下三濫的手段，他可不敢保證。

直到黎顏告訴他，高天成的哥哥高天睿親自帶著厚禮去道館謝罪，並保證他弟弟不會再靠近自己一步，莫榛才稍稍放鬆了對她的管制。

進入七月，《鬼校》的拍攝也漸漸接近尾聲。這幾天都在外地拍攝，黎顏覺得自己好像水土不服，剛來的那天還有點低燒，現在總算適應了。

不過她還是有點想念肯斯尼莊園了，她在花園裡種了幾根蔥，不知道現在長得怎麼樣。

不對，為什麼她要想念莫榛的家啊，明明自己也有家啊！

黎顏在內心深深地反省著。

莫榛自遠處走來，在她身邊坐下，「劇組後天就能返回A市了。」他看得出她想回去了。

「真的嗎？」黎顏顯然很高興，連眼睛都不自覺地亮了起來。

「嗯，再過半個月差不多就能殺青，到時候妳可以稍微休息一下了。」莫榛喝了一口水，聽徐導又吆喝著開拍，便起身走去。

想著後天就能見到小蔥，黎顏開心地登入FB，本來想說自己後天就能回A市的，但想到會洩露莫榛的行程，便什麼都沒發。

順手點進水煮檸檬的FB，最近更新還停在六月十七號。那天清揚發了兩篇文，一篇是普希金的《假如生活欺騙了你》，一篇是斷更聲明。她看了看斷更的文下面，已經有五百多條留言了，全都是讀者催更，不過清揚依然在裝死。

唔，黎顏想了想，打了一封簡訊發給她，「清揚，都快一個月了，妳還在光明頂上嗎？」

雖然日上三竿，但陳清揚還躺在床上睡覺。這一個月沒有了更新的壓力，她突然覺得生活變得很美好，一美好，她就特別想花錢。

以她的宅程度，自然不會上街買東西，於是她每天除了熬夜玩遊戲，大把時間都花在了網拍上。買衣服買鞋子買包包買零食買化妝品，購買欲一旦被啟動，就再也停不下來了。這一個月以來，光花在網拍上的錢，就有三、四萬。

對於自家女兒這種自甘墮落的生活狀態，陳爸爸表示十分痛心疾首。奈何陳清揚油鹽不進，軟硬不吃，陳爸爸只好向陳媽媽求援。

陳媽媽一邊欣賞著自己剛做好的指甲，一邊淡定地道：「放心吧，等這個月的帳單出來，她自然就會恢復正常。」

自己女兒有多少出息她最清楚不過了，別看她現在花錢花得這麼開心，等看到帳單後，一定哭著喊著求退貨。

陳清揚從床上爬了起來，拿起枕頭邊的手機，本來想看看時間的，卻發現兩封未讀簡訊躺在螢幕上等自己臨幸。

發信人還是大力。

哼，一定是想跟自己求和，沒門。

陳清揚抱著如果對方求和就呵呵笑她，一臉決心地點開了簡訊。

「清揚，都快一個月了，妳還在光明頂上嗎？」

……呸，她才沒那個閒工夫跑到光明頂上去呢！

真相是，司機以找不到光明頂為由，把她趕下車了。

陳清揚的目光往下移了移，繼續看第二條簡訊。

「如果我告訴你，雲澤哥哥是莫榛的小學同學，他們兩個還是多年的好友，你會把對我的仇恨值轉移到他身上嗎？」

陳清揚一把摔掉手機，再次捧著頭大叫：「啊啊——！」

「……」陳爸爸默默地把掉在桌上的丸子夾起，扔進了一旁的垃圾桶。

陳清揚咆哮完，又衝到地上撿起電話，打給向雲澤：「你給我出來！我要和你決鬥！」

向雲澤平靜地掛掉電話，微笑著看身旁的學生，「繼續剛才的問題。」

學生指了指他的電話，有些欲言又止的樣子，「真的不用管嗎？」聽剛才的聲音，對方好像很著急的樣子。

「沒關係，那是我的一個患者，經常發病。」

學生驚訝地看著他，眼裡還閃爍著崇拜的光，「教授你還會治病？」

「嗯。」向雲澤笑容可掬，「不過效果似乎不太理想。」

這天以後，水煮檸檬奇蹟般地開始更新了，不過不是更舊文，而是開了個新坑，以一天八千字的速度更新。讀者本來對於這種舊坑不填完就挖新坑的做法很嗤之以鼻，但實在禁不住誘惑，還是點進去看。

然後，大家都抓狂了。

這是什麼文啊？主角還能更神經病一點嗎！囚禁自己的閨蜜又吃了男主的基友是什麼鬼！作者，我的內心在一點點崩壞，妳看見了嗎！

雖然文下一大堆負評，但陳清揚依然更新得很快樂。她終於重新登入ＦＢ，發了一篇新狀態：「作者已變態。:）」

黎顏順著陳清揚的ＦＢ連到了她的專欄，看了看下面的負評內容，跟著抽了抽嘴角。

囚禁自己也就算了，難道清揚對雲澤哥哥……還有那種想法？

算了，與其越猜越可怕，她還是繼續幫榛榛選禮物吧。

馬上就要到莫榛的生日了，黎顏這幾天一直煩惱要送什麼好。他似乎什麼都不缺，自己送什麼都像是多餘的。

她關上電腦，剛走出房間，就見莫榛也從房裡走了出來，像是剛洗完澡。

黎顏尷尬地笑了笑，「榛榛，洗澡啊？」

「……嗯。」他剛在健身房裡鍛煉了一個小時，所以下來沖澡，「怎麼了嗎？」

「呃，沒什麼，就是……」黎顏終於心一橫，直接問了，「你還缺什麼？」

莫榛想了一會兒，答道：「我缺個老婆。」邊說邊往她的方向靠近，「妳能幫我嗎？」

「我去網拍上看看！」黎顏一轉身，飛快地退回房間，還順帶關上門。

「……」留下莫榛一人，有些後悔自己怎麼又忍不住了。

黎顏坐在小沙發上，心還有些怦怦地跳，如果剛才再跑慢一點，她就要答應了！

她也不知道自己在逃避什麼，也許是因為自己才二十二歲，還不想這麼早結婚？不過話說回來，莫榛也才二十七歲，事業正好，他也不會想這麼早就結婚吧？

黎顏往後仰了仰身子，在小沙發上躺下，傻笑起來。自己竟然在煩惱和莫天王的婚事，能有這種煩惱，也滿奢侈的。

從沙發上爬起，她登入很久沒用的貞子，在海角論壇上發了一篇文——【求助】男朋友過生日，送什麼禮物好？

「天啊，貞子竟然有男朋友？妳的男朋友該不會是花子吧？」

「捉住貞子！請問妳跟貞子二號是什麼關係？妳到底是不是莫天王的助理？如果是的話，妳就是模特兒妹妹吧？」

「我沒有男朋友，我不會有這種煩惱。」

「男人想要的永遠只有一個，就是……妳的身體:)」

「……」黎顏必須承認，她被最後的留言嚇到了。

下意識地轉身，看向鏡子裡的自己，她的身體……還沒有莫榛的身體有料。

想到這裡，她又默默看向床頭那張海報，吸了吸鼻子，這個提議似乎還不錯？

到了七月二十四號，黎顏終究還是錯過了買禮物的時間。雖然是一年一度的生日，但莫榛還是得拍戲，事實上，他幾乎每年生日都是在劇組裡過的。

莫天王的生日，圈內很少有人不知道，所以大家一早就送來了各種祝福，還一起出錢買了生日蛋糕，象徵性地慶祝了一下。

吃完午飯，下午的拍攝正常進行，只不過今天應該會早點收工，這對劇組人員來說絕對是福音，真希望天天都是莫天王的生日。

黎顏想既然沒買到禮物，那就回去做一頓豪華的晚飯吧。她記得莫榛房裡有一本食譜，按照上面的指示來做，應該不會差到哪裡去吧？

於是她開心地跟莫榛請了假，提前回去做飯。

冰箱裡的食材很齊全，是她前不久才去超市買的。算了算時間，離莫榛回來大概還有三個多小時，夠她做一頓晚飯了！

蹦蹦跳跳地走到莫榛房前，房門沒鎖，她輕易地就開了門。雖然主臥和側臥的門都有鑰匙，但是兩人從來沒上鎖過。

進了房間後，她很快就在書架上找到了那本食譜，坐在電腦桌前翻起來。

唔，這個嫩煎牛小排不錯，她應該做得出來；龍蝦什麼的太難了，她可能駕馭不了；哦，還有大閘蟹，早知道應該打電話叫唐董過來做。

黎顏還在研究食譜，桌上的螢幕突然亮起，電腦自己開機了！

本來以為是自己不小心碰到電源，可是開關離自己超級遠啊……而且延長線的開關並沒有打開，怎麼會有電可以開機？

黎顏以為開完機就沒事了，滑鼠竟然自己動了起來！

這臺電腦是莫榛的私人電腦，除了他以外從來沒有人動過，可是現在……黎顏簡直想起身就跑，但是她怕得動不了！

滑鼠在桌面上點點點，打開了一個需要輸入密碼的資料夾，只見鍵盤劈里啪啦了幾下，文件就被打開了。

黎顏瞪大了眼，加密的資料夾，還是不要看的好。她正想把眼睛閉上，就又被震驚了。

資料夾裡面全是她的照片，正面的側面的背面的，微笑的生氣的搞怪的，栩栩如生地展現在她眼前。

可是，她根本沒有拍過這些照片啊！

照片背景明顯不是在國內，甚至有在熱氣球上照的照片。想起陳清揚曾說過莫榛去了一趟格雷梅，看來這些照片都是在那邊照的。

滑鼠還在自己往下滑，接著點開了一張照片。黎顏看著眼前頭靠著頭的兩人，所有的驚訝都轉變成了另一種感情。

熟悉得想落淚。

她終於明白在凱皇第一次見到莫榛時，為什麼不是驚豔不是詫異，而是一種莫名其妙的熟悉感，就像她認識這個人一樣。

原來她真的認識。

許許多多的畫面就像跑馬燈一樣慢慢跑過，這一瞬間，她明白了好多事，也明白了他為什麼要叫自己阿遙。

她都不知道自己是什麼時候哭出來的。

「飄飄，是妳嗎？」黎顏吸了吸鼻子，帶著哭腔的聲音迴盪在房間裡。

飄飄的身形漸漸變得清晰起來，她驚喜地看著黎顏，「小貓咪，妳都想起來了嗎？早知道這一招這麼管用，我早就把這些照片拿給妳看了！」

「嗚嗚嗚，飄飄對不起，我竟然忘了妳，還忘了榛榛。」黎顏越想越傷心，自己竟然忘了他，榛榛一定很難過。

「沒關係，想起來了就好！我跟妳說，莫天王每天晚上都要把這些照片看一遍，就像變態一樣！」飄飄說完，又開心地繞著黎顏轉了一圈，「不過現在好了，既然妳想起來了，就快點去推倒莫天王吧！」

「……」黎顏悲傷的情緒頓時收回不少。

「啊！」飄飄突然叫了一聲，「莫天王回來了，加油！」

飄飄的話才說完，黎顏就聽見了莫榛進門的聲音，她拿過桌上的衛生紙，想把鼻涕眼淚擦乾淨，無奈莫榛腿長，沒給她這麼充裕的時間。

一進房間，就看到哭得亂七八糟的黎顏和亮著的螢幕，他大概猜到什麼情況了。

往前走一步，他輕聲喚道：「阿遙？」

「榛榛！」黎顏飛撲到莫榛身上，把眼淚和鼻涕都蹭到了他的衣服上，「嗚嗚嗚，對不起，我竟然把你忘了。」

莫榛的身體微微一僵，抬起右手摟住她的腰，「妳……想起來了？」

「嗯，多虧飄飄給我看了這些照片，我全都想起來了。」黎顏摟著莫榛的脖子，仰起腦袋看他。

莫榛低頭看了她一陣，道：「妳先去洗個臉吧。」

「……」現在是在意這種問題的時候嗎！

不過她還是聽話地去洗了臉。

出來的時候，莫榛已經換了衣服，正坐在電腦前瀏覽照片。黎顏走上前，有些不好意思地道：「榛榛，我本來想幫你做一頓大餐的，可是沒想到你回來得這麼快，所以……大餐沒有了。」

莫榛回過頭，目光在她身上停留了一會兒，變得深邃起來。他站起身，走到她面前，輕輕將她帶進懷裡，「沒關係，我比較想吃別的大餐。」

「……」黎顏心想，果然還是她的身體嗎！

還沒等她問出口，莫榛就輕柔地印上了她的唇。這個吻極盡纏綿，兩人透過彼此交纏的呼吸聲和身體，逐漸湧上了情欲，而他們身上的衣服也越來越少。

等黎顏回過神，她已經被壓倒在床上，莫榛撐著手在她上方，溫柔地呢喃道：「第一次可能會有點痛，不過很快就好了。」

「……」她現在只想吶喊——讓暴風雨來得更猛烈吧！

之後的事，真的就像一場暴風雨，從她身上席捲而過。

看著躺在一旁熟睡的黎顏，莫榛心裡充滿了前所未有的滿足感，這種感覺，是得幾個影帝都比不上的。

在她肩上印下幾吻，隨意套了件睡衣就坐在電腦前。連到黎顏的ＦＢ，找到了她之前發的一個跟風文。

「我就是想說，其實莫天王之前在紅毯上說的那個人就是我。:)」

盯著這條ＦＢ看了一陣子，他才笑了笑，點了分享。

「真的是她。:)」

——《早安，幽靈小姐04》完

——《早安，幽靈小姐》全系列完

番外一

男神帶我飛

七月二十四日，晚上七點二十七分四十三秒，網路上發生一件慘案。

一位莫姓天王喪心病狂地在ＦＢ公開了戀情，頓時造成網路動盪，媒體譁然，死傷粉絲不計其數。

據相關專家分析，這場由莫姓天王引發的血案，其影響力至少還會持續半個月之久，在此期間，請各位網友注意上網安全，遇到精神狀態不穩定的粉絲，不要發生正面衝突，盡可能迅速撤離。

而這場浩劫的重災區，顯然是莫姓天王的ＦＢ。

「莫天王都戀愛了，我們的下一代還會好嗎？＃關愛粉絲健康成長＃」

「我不信我不信我不信我不信打死我都不信！總之我就是不信！」

「說好做彼此的天使呢？」

「天啊，莫天王竟然不是GAY？我再也不要愛他了！」

「難道是我記錯，其實今天是愚人節？莫天王真的不是和助理串通好來耍我們的？」

「我在看到那組照片時就猜到了！我就說只有真愛才能拍出那種照片！」

「我要去剃度出家了，再見世界:)」

除了莫天王的FB，其他地區也有不同程度的災害。

某網拍客服：有什麼需要幫忙的嗎？

戀愛死死團團長：我、要、退、貨！

某網拍客服：請問商品有什麼問題嗎？還是尺寸不對？

戀愛死死團團長：莫天王都戀愛了，我還買這麼漂亮的裙子幹嘛！我要退貨！

某網拍客服：……

一時之間，「莫天王都戀愛了，我還XXX幹什麼！」成為了流行句。

同時，關然的FB。

粉絲甲：然然，你最近是不是在國外拍戲啊？和助理一起去的？住在同一個酒店的同一個房間裡嗎？

粉絲乙：關然的助理是男的啊，住在一起也沒什麼吧？

粉絲丙：性別根本不重要！重要的是助理啊！

粉絲丁：#明星和助理不得不說的故事系列#

粉絲戊：我彷彿已經看到下一個莫天王和模特兒妹妹了，哦不，是模特兒弟弟（笑）

關然無言了。

一時之間，所有明星都避助理不及，生怕稍微靠近助理，就被新聞亂報。而助理，也成了粉絲群中最熱門的職業。

因接二連三的打擊差一步就要發狂的陳清揚，也在看到莫天王的分享後，邁出了最後一步。

這一步對她來說是一小步，但對全讀者來說，是一大步！

水煮檸檬：從明天起，做一個幸福的人，餵馬、劈柴、周遊世界；從明天起，關心糧食和蔬菜，我要買一棟房子，面朝大海，春暖花開。

讀者甲：……天啊，又發病了？

讀者乙：上次是普希金這次是海子，我真期待下次是什麼。_(:3」∠)_

讀者丙：哈哈哈真不愧是檸檬，連斷更聲明都這麼婉約而內斂【笑中帶淚】

讀者丁：大家來猜這次會斷幾個月。

幾分鐘後，陳清揚發表了一條新FB：「作者決定，效仿海子:)」

讀者眾：效仿海子……幹嘛？好歹也等這篇文完結了再去效仿啊！

這一切的始作俑者，正摟著黎顏睡得香甜。

莫榛只是一時衝動，那時他全身的每一個細胞都被幸福填滿了，他只想讓全世界都知道這個人只屬於他了！

沒想到此舉卻在網路上引起軒然大波，還連累了那麼多無辜的人，比如說關然。

不過他並不後悔。

他們是戀人，將來還會是夫妻，他不想偷偷摸摸的。

雖然媒體和粉絲的反應都很激烈，對這件事的關注度也一直很高，但他太了解演藝圈的生態了。

用不了多久，他們就會把焦點轉移到其他地方，然後繼續驚歎哀嚎，過自己的生活。

而他需要做的，就是在焦點被轉移之前，保護好黎顏。

粉絲瘋狂起來真的什麼事都做得出來，所以他沒有等到結婚的那天才突然公布消息，他希望粉絲能一點一點地接受……這個殘酷的事實。

從公布戀情到現在，黎顏已經被關在家裡一週了。

《鬼校》在三天前殺了青，莫榛暫時沒有戲要拍，工作相對起來輕鬆不少——至少，他晚上都待在家裡。

黎顏多希望他趕快接一部新戲，然後每天拍攝到深夜才回家。這樣，他就不會有精力撲倒自己了。

雖然她並不討厭被撲倒，但是每天都被撲，實在太累了！

而且一週下來，她發現自己在這種事上完全占不到便宜，如果換成她在上面，她也不介意天天做啊！

「在想什麼？」

莫榛摟著眼前的人，閉著眼睛在她頭髮上蹭了蹭，淡淡的香氣特別令他喜歡。

黎顏翻了個身，看著躺在身邊的人，「我在想，縱欲傷身啊，莫天王。」

莫榛仍是閉著眼睛，卻悶笑了一聲，「可是我忍不住，怎麼辦？」

忍不住就自己想辦法啊！

黎顏雖然內心很剽悍，但在戰鬥力更剽悍的莫天王面前，她就是隻小綿羊。

「那我要在上面。」

莫榛意外地看了她一眼，點了點頭，「好啊。」

等等，答應得這麼爽快，是不是有什麼陰謀啊？

「現在就讓妳在上面。」

在一陣天旋地轉之後，黎顏才悲傷地發現，她說的不是這種上面啊……

運動完後，莫天王似乎終於累了。他看了一眼昏昏欲睡的黎顏，輕聲道：「下周《TOMATO》雜誌要開始拍攝新一季的秋裝了，周主編問我，妳能不能去支援一下？」

「嗯？」

黎顏連眼皮都不想抬，回答也是用的最簡單的字。

「只拍攝三套衣服，會按照他們頂級模特兒的價位付妳酬勞，妳想去嗎？」

莫榛的聲音低沉悅耳，就像催眠曲一般。黎顏的眉毛動了動，終於強迫自己睜開了眼睛，「為什麼要找我？」

莫榛在她耳邊低笑了一聲，才道：「周主編說，他不想浪費妳的才華，如果妳不願意跟他們簽約，可以當他們的特邀模特兒，每一季拍個幾套就好。」

黎顏的腦袋動了動，抬起頭來看著他，「那真相是什麼？」

「藉機炒作，妳現在可是當紅人物呢。」

黎顏撇了撇嘴角，「還不是托你的福。」

莫榛笑了笑沒答話，本來打算直接回絕周主編的，但是雜誌上市要等到下個月，那個時候應該沒多少人關注這件事了。如果大家對出現在雜誌上的黎顏反應平淡的話，他就可以考慮放她出門了。

黎顏想了想，還是詢問了下莫榛的意見，「你覺得呢？」

「我尊重妳的決定。」

「……」黎顏心想，那公布消息之前怎麼沒問過她呢！清揚都要去臥軌了啊！

「那好吧，反正我一直待在家裡也滿無聊的。」而且明明沒做事，她每個月還是照領薪水，她還真的有點小不安呢。

這件事就這麼說定了，一周以後黎顏準時去了凱皇拍攝。因為這次莫榛不會參與拍攝，所以安奕並沒有來，為她做造型的是《TOMATO》的專屬造型師。

化妝師是一個很年輕的姑娘，黎顏覺得大概比自己大不了幾歲，可是不知道是不是她的錯覺，化妝師看她的眼光怪怪的，特別是在脖子上粉底的時候。

「怎麼了？」

黎顏有些不明所以。

化妝師的嘴角僵硬地往外扯了扯，硬是勾起一個弧度，「沒什麼。」只是誰來告訴她，她脖子上的那些點點是不是吻痕啊……

她用腳趾頭都能想出來，這些東西是誰留下的。身為莫天王真愛粉絲的化妝師妹妹，在這一刻淚流成河。

黎顏好像終於明白了化妝師反常的原因，有些難堪地縮了縮脖子。

化妝師呵呵一笑，出聲安慰道：「沒關係，我會幫妳蓋掉。」

還有比她更真愛的真愛粉嗎？

沒有！

《TOMATO》這一期的主打是慵懶英倫風，黎顏穿著一件檸檬黃的長款毛呢外套，按照攝影師的要求在鎂光燈下變換姿勢。為了突出領口的獨特設計，造型師特意將她的頭髮盤起，還在她頭上戴了一頂歐式的圓頂小禮帽。

化妝師妹妹無奈地看著攝影棚裡的黎顏，為什麼她會覺得情敵這麼漂亮呢，嗚嗚。

捧著一顆破碎的心回到家，化妝師妹妹上海角論壇發表了一篇文。

我是一個化妝師，出於工作的原因，我今天幫情敵化妝了。但這不是最悲傷的，最悲傷的是，我看見了她脖子上的吻痕。

標題取得引人入勝，很快便吸引了大批的點擊率。

進去文章後，主樓裡還寫著一句話——比這個更悲傷的，是我竟然覺得她很漂亮。

進來留言的粉絲基本上都在安慰她。

直到突然跳出一個人，似乎和她找到了共鳴——等等，我好像知道妳是誰了！我們來對對暗號，助理。

「……」

化妝師沒想到，逛個論壇也能遇到同事。

她沒有再回覆這篇文，可是助理二字一出，大家頓時就打開了八卦模式，扒著扒著竟然真的就把黎顏給扒了出來。

於是樓主一個人的心痛變成了一群人的心痛。

包括陳清揚。

吻痕吻痕吻痕吻痕吻痕……腦內無限迴圈著兩個字，陳清揚呵呵呵地笑了起來，吻痕是什麼東西，她不知道呢。

深吸一口氣，她終於做出了什麼決定。

水煮檸檬：我說要效仿海子，不是要去自殺啊！我是要去周遊世界，等我回來就恢復更新，再見！

雖然說話方式好像突然狂野了許多，但能恢復更新就是好的。於是大家都忙著撒花，也包括一個叫花斑的人。

陳清揚一看見這個名字，眉頭就跳了跳。

這一切，還得從莫天王公布戀情的那天說起。

那天，陳清揚像無數小粉絲一樣，連到了莫天王的ＦＢ，準備跟他說句生日快樂。結果一抬眼便看見了最上面的新文章，雖然只有四個字加一個表情，可是補考通知單都沒有這個來得可怕。

陳清揚頓時覺得生無可戀。

不僅僅是因為莫天王戀愛了，更因為他戀愛的對象竟然是自己的好友！

差一點就是自己了！

她覺得她的心情世上沒人能懂，哦不，向公子可能會懂，畢竟他的女神也被自己的好友拐走了，但就衝著這傢伙前幾天掛了她的電話，她就不可能和他站在同一戰線，更不能原諒他欺騙自己的事！

她把這種複雜的情緒寫進了兩則貼文中，發了出去，期待大家能讀懂她。可是……一大堆說她要去臥軌的人到底是哪裡有問題啊！

她明明只是想出去旅遊轉換一下心情，說不定會在路上遇到一段豔遇呢！

好吧，她承認最後這個才是重點。不過俗話說得好，治療失戀的良方，就是一段新的戀愛。

她沒有在FB上解釋什麼，而是揣著一顆支離破碎的小心臟，在床上睡了過去。

第二天早上醒來時，她接到了一個通知，說《白衣神探》正式開拍了。

《白衣神探》就是她被改編成電視劇的作品《沉睡的小二郎》。

電視劇重新改了劇名，但不是因為那個神探喜歡穿白衣服，而是因為白袍——實驗室穿的那種。

對此陳清揚只覺得無奈，白衣XX這種設定太老了好嗎？哪有《沉睡的小二郎》這個名字響亮啊！

陳清揚再次體會到高處不勝寒的孤獨感。

而在電視劇裡飾演主角的，就是凱皇的人氣小天王張承亦。

陳清揚雖然不是他的粉絲，還是對他有幾分瞭解，至少他的臉不錯，也一直是團體裡人氣最高的。

電視劇開拍的消息算是她近期以來聽到的唯一一個好消息，她覺得自己終於回復了一點血量。

可是就在消息公布當天，《沉睡的小二郎》文下就出現了一大批刻意寫負評的人。

她的讀者比她更早發現了這件事，自動在文下幫她平反，還有人上FB通知了她。

可是等陳清揚看見的時候，罵她的討論串已經出現在網站首頁的人氣榜。

水煮檸檬大大，果然很厲害啊，出版了簽電視劇，聽說還打算轉編劇，就可以隨便斷更了？而且還慫恿讀者幫自己說話？呵呵，我已經檢舉了。

陳清揚是該網站的老作者了，什麼樣的腥風血雨沒見過？這件事一看就知道有人故意找麻煩。

通常被罵只有兩種原因，一是擋了別人的道，二是有人眼紅了。

她在這裡混了這麼多年，結識了不少朋友，也結下了不少仇家，比如上次的一地菊花大大，她們就是相看兩生厭的關係。

陳清揚能當上海角論壇的版主，戰鬥力絕對是不容小覷的。

她很快就查到了發帖人的ＩＰ位址，通過和幾位嫌疑人的ＩＰ地址對比，發現這個人果然是菊花大大的朋友。

既然知道真凶了，接下來就好辦，菊花大大的八卦絕對比她多得多啊。

她和幾位好朋友把論壇上以前討論菊花的文章全都洗了上來，整個首頁幾乎被那些文章占滿，場面甚是壯觀。

她又寫了一篇長文，把自己洗白了一遍，又對菊花大大進行了長達一千字的明嘲暗諷，最後tag了一大堆和自己關係好的作者。

雖然首頁上的人氣榜終於沒有罵她的文章了，但是《小二郎》文下的負評大軍依然健在。

不過有人給負評，就有人補分，比如這位孜孜不倦地從第一章補分到最後一章的讀者。雖然每條評論都只有兩個字，不是補分就是撒花，但陳清揚還是很感動，因為現在的負評比正評多太多了。

她點進花斑的讀者專欄看了看，這是一個新帳號，只有一個收藏訂閱的紀錄，就是《小二郎》這篇文。

她都要懷疑這個花斑是自己開的分身了。

等等，花斑……難道是家裡養的那隻花斑貓變成了人給她補分！想想就有些小激動呢。

「喵～」

肥嘟嘟的花斑把自己圈成了一顆球，懶洋洋地縮在角落裡打哈欠。

陳清揚的嘴角抽了抽，以這隻肥貓的智商，不可能會這麼厲害的法術。

那麼，會是誰呢？

陳清揚還在苦惱，這位叫花斑的讀者又在第一章留下了一篇評論。不同於之前，這是一篇兩千多字的心得，每個字都在和她探討……她文章裡不合理的物理知識。

對方顯然是這方面的專家，自己寫的那些看似厲害的作案手法，在他眼裡已經不能用幼稚可笑來形容了，簡直是異想天開。

陳清揚只想說，不知道她最討厭物理了嗎！不要以為幫忙補分還給好評她就會感激！

咦，等等，為什麼她好像突然知道花斑是誰了？

記得情人節的時候，她曾在酒店裡叫過喝醉的向雲澤花斑，而且他又剛好是個物理學博士……

天啊，不會這麼可怕吧！一個物理學博士跑來看她的言情文，還給她投了兩百零三張票！

……他是想以這種方式向她道歉嗎？

呵呵，想用錢收買她，這點哪裡夠！

向雲澤正準備再扔一顆深水魚雷時，背後的學生叫了他一聲：「教授，你竟然在網站上看小說？」

向雲澤呵呵一笑，把螢幕往學生的方向移了移，用滑鼠框起了文上一段話：「你看，她竟然說這兩個球的速度是一樣的，真是笨得可以。」

學生低頭朝電腦上看了看，贊同地道：「確實很笨！有太多因素她沒有考慮進去了。」

「沒錯。」

向雲澤滿意地點頭，「最不可思議的是，這個作者竟然用位移來計算摩擦力，連國中物理都沒過關，看來我得好好跟她談一談。」

學生抬起頭來崇拜地看著他，沒想到教授不僅在課堂上教人，還不忘用業餘時間去教導網路寫手，多麼敬業啊！

學生對他肅然起敬。

向雲澤趁著學生的注意力都集中在自己身上，又送作者一個禮物。

陳清揚有一個忠實讀者，名叫砸你一臉血。自從網站上有了送禮機制，她就一直占據著水煮檸檬讀者排行榜的榜首。

這位砸你一臉血不只捨得送禮，而且還送得很有計劃。

陳清揚寫文五年，長長短短的文加起來有十幾篇，她在每篇文旁邊的讀者排行榜上都是第一。

可是今天她遇到對手了。

那個不知道從哪裡冒出來的小花斑，竟然把她從第一名的位置擠了下來，自己登上了《沉睡的小二郎》這篇文的榜首。

於是砸你一臉血怒了，她毫不猶豫地給水煮檸檬一個大禮，直到自己重新回到第一名的位置，她的心情終於好多了。

吃午飯時，向雲澤用手機登入了網站，想看看陳清揚回覆了沒。

畢竟陳清揚的讀者還滿多的，其中應該有不少學生，要是都被她誤導就糟糕了。

陳清揚的確回覆，但只回覆一句：「要學物理去看物理書啊，看什麼小說啊！」

向雲澤抽了抽嘴角，對於這種厭學情緒嚴重的學生，他向來有顆寬容的心。所以他不但沒有生氣，還給了她一個禮物。

他這種以德報怨的精神，一定能打動她的。

陳清揚有沒有被打動暫時不得而知，但是砸你一臉血又怒了。這個叫花斑的是不是和她槓上了？她看著再次登上讀者榜首的花斑，再度開始狂幫陳清揚投票及送她禮物。

發現這個情況的陳清揚，傳了私訊給她。

水煮檸檬：「臉臉，妳怎麼了(⊙_⊙)？」

砸你一臉血：「檸檬，有個叫花斑的跟我搶第一QAQ」

水煮檸檬：「不用理他，他是我三次元的一個朋友。」

砸你一臉血：「……他？」

砸你一臉血：「天啊，檸檬妳有男朋友了？」

水煮檸檬：「剛剛是忘了選字，我現在打電話給她，叫她不要再送禮物了。妳也不要給了，把錢留著買飯吧～」

砸你一臉血：「總覺得是欲蓋彌彰啊……」

陳清揚卻是真的打給了向雲澤。

看著桌上亮起的手機螢幕，向雲澤有些意外地揚了揚眉，「清……」

「向雲澤你是不是有病啊？錢多得沒地方花就去修路啊，給我禮物幹嘛，與其被網站賺去一半的錢，你還不如直接給我錢！」

「……」

向雲澤心想，所以重點其實是最後一句話吧？

「妳怎麼知道是我？」

「這種神經病我只認識你一個啊！」

向雲澤停頓了一秒，嘴角掛起一抹不深不淺的微笑，「妳知道我上一節課多少錢嗎？」

「……」陳清揚無語。

誰稀罕他的評論啊，不過就是個熱愛物理的神經病而已，花錢去上他課的也是神經病！

聽陳清揚沒回答，向雲澤臉上的笑容終於沒有那麼陰險了。

「對了，為什麼這麼多人給妳負評，妳是不是被人陷害？」

「還不是因為小二郎開拍，有人眼紅了。」

陳清揚的口氣聽上去有些不屑，常言道不被妒忌是庸才，菊花大大妒忌她，說明她比較有才，哼！

向雲澤眸光動了動，問道：「妳是不是知道是誰做的？」

「一地菊花大大囉。話說，不要再給我禮物了喔，不要以為這樣做我就會原諒你，再見！」

向雲澤聽著電話忙音，有些哭笑不得地搖了搖頭。

對面坐著的學生終於按捺不住好奇心，咬著筷子看他，「教授，是你女朋友？」

旁邊坐的兩位女同學頓時豎起耳朵。

「不是，就是上次我跟你說過的那個病人。」

「……」

學生頓時呈現死魚眼。

教授，不要以為你智商比我高，我就聽不出來這是假話。

向雲澤在這通電話之後，真的沒再送禮了，砸你一臉血也終於放心了。可是網路上的負評大軍還沒有消停，陳清揚有些疲憊地想，這次菊花大大為了黑她，真是下了血本啊。

可是很快，網站上爆出了一個讓人意想不到的消息。

天啊，一地菊花大大的新文下收到一張警告，理由是該作者太醜！

陳清揚看到這篇文時，差點沒把嘴裡的水噴出來。她飛快地點進去看了看，樓主還放了截圖，上面真的寫著「該作者太醜，黃牌警告」。

哈哈，到底是有多醜啊，竟然被黃牌警告了！

陳清揚差點笑瘋在床上。

沒過多久，網站管理員說是系統出問題，那張黃牌才被取消。可是這難得一見的黃牌已經被不少網友保存了下來，估計可以流傳百世了。

自從知道了黎顏和莫榛的關係後，陳清揚已經很久沒這樣笑過了，等她笑夠了，終於察覺事情好像不太對。

系統再怎麼出問題，也不會出現這種人身攻擊的警告吧，這感覺比較像是有人刻意做的。

她的眉毛動了動，又打了個電話給向雲澤。

已經晚上十點了，向雲澤那邊很安靜，聽起來像是準備睡覺了。

「向公子，是不是你黑了菊花大大？」

向雲澤笑了一聲，反問道：「妳又知道了？」

陳清揚喊了一聲，「我才剛跟你說了這件事，她就被人黑了，我合理懷疑是你做的。」

向雲澤還是抿著嘴角輕笑，「我沒這種技術，是我找朋友做的。」

陳清揚頓了頓，才道：「哼，別以為這樣做我就會原諒你！再見！」

電話再次被掛斷，向雲澤忍不住笑了出來，這就是傳說中的傲嬌嗎？

他這麼做確實是為了表達自己的歉意，不過他現在覺得，其實還滿有趣的。

因為這件事的出現，莫榛和黎顏的事也從陳清揚心裡淡出不少。

在她以為自己終於可以釋懷的時候，她卻看到了一篇文章。

我是一個化妝師，出於工作的原因，我今天幫情敵化妝了。但這不是最悲傷的，最悲傷的是，我看見了她脖子上的吻痕。

陳清揚頓時覺得，淡出什麼的果然都是幻覺，她果然還是要離家出走！哦不，周遊世界！

她也要來一場說走就走的旅行！

可是能不能來個人告訴她，為什麼她會在格雷梅遇到向公子？

說好的豔遇呢！

在以前，格雷梅對陳清揚來說只是簡單的三個字，但在莫天王到這裡一遊之後，它便成為了陳清揚心中的聖地。

踏上土耳其的土地，似乎整個世界都被鮮花、陽光和貓咪包圍了。陳清揚拿著相機拍下了路邊的一隻流浪貓，小貓抬頭看了她一眼，喵一聲便跑走了。

看著貓咪跑走的背影，其實她心裡是有點失落的，要是和大力一起來，他們就能一起討論貓咪跟帥哥了。

可惜，始終還是沒機會和大力一起來。

……既然這樣，她就多拍一些照片回去炫耀！

陳清揚拿起相機劈里啪啦地照個不停。

為了追隨男神的腳步，她專門翻出了莫榛之前發的ＦＢ，按照上面的路線制定了行程。

明天就要去坐熱氣球了，在幾千米的高空，藍天，日出，鮮豔的氣球，還有異國美少年……

想想就有點激動呢！

為了迎接明天的豔遇，陳清揚特意提早回飯店，敷了面膜，洗得香噴噴後，歡呼一聲窩進被子裡睡起美容覺。

因為要看日出，鬧鐘在四點的時候準時響起。陳清揚穿上早就準備好的衣服，蹦蹦跳跳地出門去了。

豔遇啊，她來了！

熱氣球的飛行員是一個很帥氣的外國男孩，穿了件小背心，露出了結實的肌肉。他的周圍已經圍了不少女性遊客，陳清揚掏出手機偷偷拍了一張，還想多拍幾張來挑選時，就聽到身後傳來一個熟悉的聲音。

「這麼巧？」

陳清揚舉著手機的手僵了一下，她回過頭，就看見西裝筆挺的向雲澤。

可惡，也太巧了。

「你怎麼在這裡？」

陳清揚仰著腦袋看他，向公子打扮一下還真人模人樣的，對那些無知的小女生來說很有魅力。

等等，難道這就是老天爺賜給她的豔遇？可是她要找的是外國美少年啊！貨不對可以退貨嗎？

陳清揚的表情很生動，把內心的想法全寫在臉上了。

向雲澤微微一笑，看上去禮貌又紳士，「我來坐熱氣球的。」

那為什麼偏偏跟她同個時間同個地點出現？

不會明天再坐嗎！

陳清揚扯出一抹生硬的笑，對向雲澤呵呵兩聲，「那你站遠一點，不要擋住我的豔遇了。」

向雲澤看了一眼面前正在加熱的氣球，嘴角彎得恰到好處，「可是我們好像坐的是同一個熱氣球。」

「……」

讓她退貨吧，老天爺。

熱氣球緩緩升空，太陽也漸漸從天邊露出臉來，同乘的遊客都顯得很激動。在幾千米的高空，藍天，日出，鮮豔的氣球，還有……一個物理學博士。

陳清揚悲傷地別過頭去。

向雲澤一直站在陳清揚旁邊，周圍的遊客都興奮地一邊說著話，一邊拍著照，只有陳清揚一個人站在籃子邊動也不動。

向雲澤覺得，這個時候他應該說點什麼，於是便道：「妳知道熱氣球升空的原理是什麼嗎？空氣受熱後膨脹，密度減小，重力小於浮力……」

陳清揚打斷了他，「你再說我就從這裡跳下去。」

「……」

向雲澤立刻靜默了。

沉默了一會兒，背後一個含羞帶怯的女聲傳了過來，「不好意思，可以幫我們拍一張照嗎？」

這話是對著向雲澤說的，但是陳清揚和他一起轉過了頭。哦，是兩個年輕女子，看上去像是大學生，也都含羞帶怯地看著向雲澤。

唉，所以說無知少女遍地都是，都被他的外表給矇騙了。

陳清揚在心裡長長地嘆了口氣。

向雲澤點了點頭，接過女學生手裡的相機，幫三個女生照了張相。

陳清揚撇了撇嘴角看著天邊的日出，也拿起脖子上的相機照了起來。

突然感覺到有一股視線對著自己，她回過頭，向雲澤正舉著手裡的相機對她笑。

陳清揚皺了皺眉，看上去有些不滿，「你用別人的相機拍我，怎麼把照片給我？」

向雲澤笑了笑，「沒關係，我們剛剛已經交換過聯絡方式了。」

「……」

果然是花花公子！人面獸心！

向雲澤幫她們拍完照，又走回了陳清揚身邊。陳清揚嫌棄地看他一眼，問道：「你在學校裡也是這麼跟女學生相處的？」

向雲澤認真地想了一會兒，「確實有不少女學生衝著我來上課，我的課是所有老師中出席率最高的。」

「……」陳清揚暗暗翻了個白眼，世界上還真的有毫不謙虛的人。

在天上逛了一圈，熱氣球回到了地面。

接受了證書喝了香檳，陳清揚便準備和他分道揚鑣，但是那傢伙竟然陰魂不散地跟著自己。

氣呼呼地回過頭，陳清揚的語氣不善：「你跟著我幹什麼，跟蹤狂！」

向雲澤好脾氣地笑了笑，「我只是想回飯店。」

陳清揚的眉頭一跳，覺得有種不安感。「你住哪個飯店？」

向雲澤報出了一個名字。

聽完，她都要哭出來了，這絕對不是巧合，這絕對是有預謀的吧！

坐在飯店裡的咖啡廳，陳清揚看著對面的男人，一臉懷疑，「你最好老實交代，跟著我到底有什麼企圖？」

向雲澤卻無辜地眨了眨眼，「妳來格雷梅的事，還有妳住這間飯店的事，告訴過誰？」

陳清揚沒話反駁了。她真的沒告訴任何人，就連爸媽都不知道她去哪裡旅遊了。

向雲澤滿意地笑了笑，「所以說，我根本不是在跟蹤妳。」

陳清揚一臉不信。

向雲澤聳了聳肩，「也許妳可以把這個理解成緣分。」

「……」

陳清揚心想，猿糞還差不多。

見她還是不信，向雲澤的神色黯淡了一下，「再怎麼說，我也是一個失戀的可憐人，想出來散散心是人之常情吧。」

陳清揚差點沒把口中的咖啡吐出來，他大半年前就失戀了，現在才想到出來散心，反應是有多慢？

算了，多跟這個人糾纏準沒好事。她準備起身要走。

「好吧，我是為了逃婚才出國的。」

這句話成功地吸引了陳清揚的注意，她轉過身，一雙漆黑的眼睛上下打量了他幾眼，「逃……婚？」

向雲澤點了點頭。

「哈哈！」陳清揚重新在沙發上坐下，笑得上氣不接下氣，「對不起，先讓我笑五分鐘。」

「咳咳，」向雲澤被笑的面子都掛不住了，「準確來說，是家裡逼我結婚，對方都到學校裡來了，我只能……來一場說走就走的旅行。」

陳清揚抬眸瞥了他一眼，邊笑邊問道：「你不是跟莫天王一樣大嗎？今年才二十七歲，就已經被逼婚了？」

對方嘆了一口氣，「我爺爺年紀大了。」

陳清揚住嘴了，她從黎顏那裡聽過一些關於向雲澤父母的事，聽說他們很早以前就離婚了，向雲澤一直跟他爺爺住在一起。老人家上了年紀，就老惦記著孫子的婚事，也是人之常情。

「你就這麼跑了，是想氣死你爺爺啊？」陳清揚忍不住翻了個白眼。

向雲澤默不作聲地看著她，陳清揚總覺得這裡面好像藏著什麼陰謀，「幹、幹嘛？」她下意識地往沙發裡縮了縮，這個眼神好可怕。

「我可以請妳幫個忙嗎？」

向雲澤揚起一抹溫柔的笑容，讓人難以拒絕。

人。

「先說來聽聽，也許我能考慮考慮。」陳清揚抱著包包，提防地看著對面的人。

「假裝我的女朋友，回去給我爺爺看看。」

「天啊，你怎麼不去寫小說！」

陳清揚破口大罵，耳朵尖卻有些發紅。

畢竟她活了這麼多年，不管是真女朋友假女朋友，都沒有人跟她提過。

「妳答應的話，我就帶妳去見莫榛。」

「……」陳清揚臉都漲紅了，這真是……太卑鄙了！

「我、我可以叫大力帶我去！」

向雲澤波瀾不驚地回道：「妳確定要讓她帶妳去見莫榛？」

她如果拉得下這個臉，早就這麼做了。他顯然是看穿她的心思，吃定她了。

……智商高的人就是討厭！

「好吧我答應，不過我有一個條件。」

向雲澤揚了揚眉，「先說來聽聽，也許我能考慮考慮。」

……睚眥必報的小人！

陳清揚吸了一口氣，字正腔圓地道：「絕對不能和我假戲真做！」以她寫小說的多年經驗來看，這種假扮戲分，百分之百最後都會弄假成真。

向雲澤不可思議地看了她一眼，「妳想太多了。」

「……」

什麼態度啊！信不信她翻臉不認人？

向雲澤這麼做也實屬無奈，那個相親對象他真的不喜歡，可是要遇到一個喜歡的人，又哪是那麼容易的？

這個緩兵之計，也是沒有辦法的辦法。

「可是你為什麼要找我？你身邊可以選擇的對象很多吧？」比如剛才的三個小妹妹。

向雲澤笑著道：「因為妳比較容易挑戰我爺爺的審美觀，到時候我說我們分手了，他也應該比較容易接受。」

「……」她現在只想狠狠揍他一頓。

向雲澤看著陳清揚憤然離去的背影，坐在原位悶笑起來。

其實他身邊的異性朋友真的不多，能夠幫他這個忙的更是屈指可數，陳清揚應該是最合適的人選了。

☾ ☾ ☾

回到A市，兩人約好見面時間，就回了家。向老爺子聽說自己的孫子有了女朋友，也很狐疑，不過還是空出時間準備見見他說的女朋友。

約定那一天，向雲澤一早就傳了簡訊給陳清揚，「今天不要特意打扮，做最自然的自己就好。」

「……」

陳清揚心想，她偏要打扮得漂漂亮亮的，然後在分手的時候讓向爺爺打他一頓！

兩人見面時，向雲澤有些驚訝地揚了揚眉，「沒想到妳這麼貼心，這麼一打扮，連我爺爺的三觀都一起被挑戰了。」

陳清揚頓時只覺得，自己為什麼要找罪受啊！

憤恨地瞪了向雲澤一眼，想到還得靠這個人帶自己去見莫天王，她咬咬牙把這口氣吞了下去，「開車啊，混蛋！」

向雲澤笑著發動了車子。

其實陳清揚的底子不差，打扮一下還真的能騙人，特別是她把一直戴在臉上的眼鏡拿了下來，整個臉龐看起來清秀可人。

車子駛進一個別墅區，這個別墅區跟肯斯尼莊園並稱A市別墅區雙雄。

陳清揚想過向雲澤家裡一定很有錢，但沒想到有錢到這個地步。看著進進出出淨是些名車，她扯著嘴角看了一眼駕駛座上的人，果然是總裁文男主角。

把車停在車庫後，向雲澤讓陳清揚挽著他的手一起進屋。

客廳很大很明亮，有一瞬間她以為自己走進了五星級大飯店。一進門，坐在沙發上的兩個人就看了過來。右邊那個應該就是向雲澤的爺爺了，左邊那位燙著大波浪捲的美女，該不會是他姐姐吧？

紅衣美女看見向雲澤和陳清揚挽在一起的手，不自覺地皺了皺細長的眉。

「爺爺，我跟你介紹一下，這就是我的女朋友，陳清揚。」向雲澤拉著她的手在沙發上坐下。

向老爺子打量了她幾眼，那眸光太幽深，她參不透。向雲澤不著痕跡地握了握她的手，陳清揚連忙笑著道：「爺爺好。」

可惡，這個死人，用不著捏得這麼大力吧！

「這邊這位是宋筠，宋家的大小姐。」

「妳好。」這次陳清揚趕在向雲澤動手之前，主動地打了招呼。

「妳好。」宋筠從沙發上站起，因為穿著高跟鞋，她直接比陳清揚高出了半個頭。她這麼看著她，有種居高臨下的感覺。

陳清揚被打量得不太高興，剛皺了皺眉，就聽對方在自己頭頂道：「你為了這個豆芽菜拒絕我？」

向雲澤倒是不冷不熱地道：「我就是喜歡吃豆芽菜。」

聞言，陳清揚不著痕跡地往下一瞄，她哪裡是豆芽菜了！她也有胸好不好！想到這裡，她下意識地挺了挺胸。

留意到這個小動作，向雲澤不自覺地笑了起來。

宋筠的目光還是停留在陳清揚身上，「不知道陳小姐在哪裡高就？」

陳清揚的嘴角幾不可見地抽了一下，「我在……文學網站工作。」

「文學網站？」宋筠疑惑地皺了皺眉，「我從來沒聽過這個名字呢，應該不是百大企業之一吧？」

「……」陳清揚心想，宋小姐真是……太看得起他們網站了。

向雲澤在一旁聽著她們的對話，忍不住又笑了一聲。

宋筠見他嘴角上掛著笑，心情更不好了，「雲澤，我真是搞不懂，我們兩個在一起有什麼不好？不管是相貌家室還是學歷，我們都很配啊，我也願意在結婚之後當一個全職太太，你還有什麼不滿意的？」

一聽這話，陳清揚就立刻插嘴問：「宋小姐，妳真的喜歡他嗎？」

宋筠很不滿，「喜不喜歡很重要嗎？」

「不重要嗎？」陳清揚聽她這麼說，有些尖銳地反問道，「妳喜歡的不過是他的相貌家室還有學歷，拋開這些，他作為一個普普通通的人站在妳面前，妳還想和他結婚嗎？有愛情的婚姻都不能得到保證，就更不用說沒有愛情的婚姻了。剛開始可能還好，等到三、五年過去，妳在家裡變成黃臉婆，他開始嫌棄妳，打老婆打孩子在外面找小三小四小五小六，夜夜不回家，錢全都給別的女人花，最後一腳踹了妳。而他呢，風華正茂，一夜七次都不成問題！」

宋筠被她的描述嚇到了，臉上的表情變了變，終於回過頭狠狠瞪了向雲澤一眼，「人渣！」踩著高跟鞋悻悻然地走了，向雲澤看了身旁的人一眼，扯著嘴角笑了笑，「真是謝謝妳為我規劃未來。」

「不客氣。」陳清揚回過頭，衝著他甜甜一笑。

「陳小姐不愧是文字工作者，口才果然很好。」低沉的笑聲從旁邊傳來，陳清揚才想起向老爺子還坐在一邊呢！

剛才那句一夜七次他沒聽見吧？嗚嗚，沒臉見人了。

「我剛才跟她聊了很久，都沒法說動她，妳一來就把她說走了，看來我真的老了。」向老爺子笑著搖了搖頭。

陳清揚連忙湊上去，「向爺爺您一點都不老，看上去就跟我爸爸的哥哥差不多大。」

向老爺子又笑了一陣，才從沙發上站起，「好了，先吃飯吧。」

到餐桌前坐好後，向老爺子就開始一連串的發問。他不僅對陳清揚的作品瞭若指掌，連她的《沉睡的小二郎》開拍的事情都知道。

陳清揚有些驚恐地想，該不會小說裡的變態情節向爺爺都看見了吧？

「聽說陳小姐準備往編劇方面發展？」一個網路寫手紅了以後，會漸漸往編劇發展也是很常見的。

聽他這麼問，陳清揚摸了摸鼻尖道：「雖然《白衣神探》的劇本我是參與了改編，不過編劇也不是隨意就能勝任的。畢竟這行跟寫網路小說還是有很大的不同，除了需要閱讀大量書籍，也要找得到門路進去。」

的確，有編劇帶的寫手和沒有編劇帶的寫手發展不可同日而語。

向老爺子沉默了一會兒，才道：「向家在這方面有幾個認識的人，如果陳小姐想往這方面發展，我們應該可以幫上忙。」

陳清揚一聽這話就急了，「向爺爺，我不是這個意思，您不要誤會。」

向老爺子笑著看她，「陳小姐別緊張，既然妳是雲澤的女朋友，他幫妳也是天經地義的。」

「……」陳清揚心想，所以她才緊張啊！

她乾笑著沒說話，倒是身旁的向雲澤道：「我會留意的。」

陳清揚側頭看了他一眼，不知他說的話是真是假。

晚飯吃完，陳清揚的任務也就完成了，向雲澤負責送她回家，一路上她還叮囑他不要忘記帶她去見莫天王。

回到家後，向老爺子還坐在沙發上，似乎是在等他。

向雲澤的眉頭動了動，走上前問：「爺爺，怎麼還不睡？」

向老爺子抬頭看了他一眼，道：「我不管今天這小姑娘是真的還是假的，總之我還滿喜歡她的，就算是假的你也趕緊給我變成真的。」

向家雖是大戶人家，但向老爺子並不是那種頑固的門當戶對派，他想找的孫媳婦，只要是個好姑娘，又和向雲澤真心相愛，他就滿足了。

等向老爺子都回房好久了，向雲澤還站在客廳，有些無奈地笑著。

「變成真的嗎……」

幾天之後，向雲澤按照約定帶陳清揚去見莫榛。

陳清揚激動了一整晚，第二天早上醒來，發現臉上掛著兩個明顯的黑眼圈，她連忙敷了眼膜，又上了厚厚的妝，才總算把黑眼圈蓋過去。

陳清揚今天穿的和假扮女友的那天一樣，向雲澤見到她就忍不住笑了一聲，「所以莫天王的意義對於你來說就跟我爺爺是一樣的？」

「……」陳清揚心想，能不能閉嘴啊混蛋！

她坐在車上，有些緊張地看著向雲澤，「莫天王會不會不在家啊？」

「不會，我打過電話了。」

見他這麼篤定，她才稍微放心了一點。

莫榛家裡，黎顏正趴在沙發上玩手機，見莫榛過來，好奇地湊到他身邊，「榛榛榛，這篇報導說關然和李薇薇是男女朋友，是不是真的啊？」

莫榛在她旁邊坐下，掃了一眼新聞內容，「李薇薇喜歡關然是真的，追他好久了。」

黎顏的好奇心一下子被勾了起來，「那關然呢，他不喜歡李薇薇嗎？不是說她是最符合東方人審美觀的女人嗎？」

「胡扯。」莫榛低頭覆上她的唇，「你就比她更符合我的審美觀。」

黎顏還沒來得及高興，嘴唇就被對面的人輕輕地咬了一口，正當這個吻即將更進一步時，門鈴響了。

「……」

莫榛臉色鐵青地起身開門，不管來的人是誰，他都要打死他們！

門外赫然站著向雲澤，身後還跟著一個他不認識的女孩。

向雲澤見他這幅表情，忍不住挑了挑眉，「你這是欲求不滿？」

黎顏理了理身上的衣服，也跟著跑到門前，「咦，雲澤哥哥？清揚？」

陳清揚曾經設想過很多次見到莫榛的場景，她以為她會手舞足蹈，她以為她會失聲尖叫，她以為她會餓狼撲羊般地強吻他。

然而當男神真的站在自己面前時，她竟然緊張得連話都說不出來。

也許是因為在家休假的緣故，莫榛只穿了一件款式簡單的居家服，頭髮也有些散亂，整個人看上去比鏡頭前生活化不少，卻依然氣場十足。

陳清揚一動不動地看著面前的人，憋足一口氣，終於大聲道：「男、男神你好，我是陳清揚！」她滿臉通紅，彷彿下一秒就會窒息而亡。

莫榛對她微微點了點頭，這自然而然的疏離感讓陳清揚的鼻頭有點發酸。即使是站在他家門口，他依然是天王巨星，她在他面前永遠只是個小粉絲。

「雲澤哥哥，清揚，別站在外面了，先進來再說吧。」黎顏拉了拉莫榛的手，側過身子給他們讓出了一條路。

向雲澤有意無意地看了一眼他們交握的手，拉過陳清揚就進了屋。

陳清揚還有點緊張，畢竟這是莫天王的家啊！她覺得自己像在做夢一樣，整個人都輕飄飄的。

客廳裡，四個人都沒說話，安靜得詭異。

黎顏看著坐在對面的一男一女，終於忍不住好奇地問道：「雲澤哥哥，你們兩個怎麼會一起來啊？」

向雲澤對著她笑了笑，用一貫溫柔的嗓音問道：「顏顏，最近過得還好嗎，工作辛不辛苦？」

這親暱的口吻讓黎顏有些害羞，「很好啊，榛榛最近沒有接戲，我也一直待在家裡。」她完全沒察覺到自己的問題就這樣被輕巧地避開了，更沒有察覺到她嘴裡的榛榛二字讓對面兩人都愣了一下。

只有莫榛神色如常地坐在沙發上，淡淡地看著向雲澤。

向雲澤像是沒有察覺到他的目光，繼續對黎顏道：「我之前在雜誌上看到妳的照片了，拍得很漂亮，有想過往這方面發展嗎？」

「沒有。」回答問題的卻是莫榛。

向雲澤側過頭瞥了他一眼，「我不是在問你。」

莫榛往前傾了傾，坐直了身體，「我現在是她的監護人。」

一直處於神遊狀態的陳清揚，在聽到雜誌二字後就下意識地往好友的脖子上看了看。黎顏穿了一件淺粉色的圓領針織衫，整個脖子都暴露在外面，她清楚地看見了上面的印子。

看成色，還是剛種上去的。

她覺得自己又要瘋了！

察覺到身旁人的動靜，向雲澤低頭看了她一眼，然後也順著她的目光看向了黎顏的脖子。

其實，他在進門前就發現了，所以才覺得生氣。他等了她那麼多年，可這個男人連結婚都等不到就迫不及待地把她吃拆入腹了，如果他把這個消息告訴黎顏的師兄們，別說明天的日出，恐怕連今天的日落莫天王都看不到。

此時，莫榛突然從沙發上站起，走到黎顏身前，擋住了向雲澤的視線。

向雲澤抬了抬眸，冷笑一聲，也從沙發上站了起來。

黎顏看著兩人的眼神，心頓時咯噔一下。如果說她情商低總是察覺不出周圍氣氛的變化，那麼有一種氣氛，她卻是比大多數人都敏銳得多。

那就是打架的氣氛。

這兩人要是再這麼對視下去，絕對馬上就會開打。

陳清揚的目光基本一直都是黏在莫榛身上，現在見他站起來，也跟著仰起了腦袋，還不忘在心裡感歎一句「男神的眼神好犀利」。

黎顏見好友幫不上忙，連忙從沙發上站起，拉著莫榛的手臂往陳清揚的方向挪了挪，「榛榛，這是我最好的姐妹，她可是你的超級粉絲喔！」

莫榛的目光終於從向雲澤身上移開，看向了陳清揚。

陳清揚見男神看向自己，趕緊站了起來，「莫天王，你的每一場演唱會我都有去看！」

「對呀，清揚超喜歡你！清揚，見到男神高興嗎，還可以摸喔。」黎顏為了阻止打架，把自家男朋友出賣了。

「……」莫榛皺起眉頭，他是可以隨便讓人摸的嗎？

陳清揚卻激動了起來，「莫天王，我可以抱你一下嗎？」

莫榛抿了抿嘴角，這個要求對明星來說不算過分，而且看在對方還是黎顏好朋友的分上，他主動走上前，象徵性地抱了一下她。

然後陳清揚就……這麼直挺挺地昏倒在沙發上。

黎顏見狀，趕緊跑到她旁邊搖了搖她，「怎麼辦，她不會因為激動過度而猝死吧？」

向雲澤彎下腰，伸出一指在她鼻下探了探，「沒事，還有呼吸，大概是狂犬病又發作了。」

被這麼一打岔，莫榛和向雲澤這一架自然打不起來了。

黎顏把好友從沙發上拖起，拉著她去廚房準備晚飯，「清揚，我在院子裡種了小南瓜，今天剛摘了兩個，晚上可以做來吃。」

「……妳確定妳種的是南瓜不是西瓜或冬瓜？」陳清揚非常熟悉她的神經大條，如果真的搞錯也不意外。

黎顏扯了扯嘴角，「哼，我還沒那麼蠢啦。」

「可是為什麼不出去吃？這麼勤勞不像妳啊。」

「因為我摘了兩顆南瓜啊！」

「……」陳清揚無言了，所以他們是來消耗南瓜的就是了……

兩人吵吵嚷嚷地進了廚房，向雲澤看了對面的人一眼，重新坐在沙發上。

「人渣。」

莫榛自然是知道他指的什麼，不在意地笑了笑。

「這麼多年沒行動，是因為你知道自己行動了也不會有結果，不會真以為自己是聖人吧？」

儘管膝蓋中了一箭，向雲澤仍是面不改色，「顏顏是江爺爺唯一的外孫女，從小就被師兄們疼著，沒受過任何委屈。既然你都把她……要是敢對不起她，他們一人給你一拳就能揍死你。」

「我不會讓她受任何委屈的。」莫榛說完，懶洋洋地瞥了一眼對面的人，「不過向博士是以什麼身分跟我說這番話的？」

向雲澤淡淡一笑，「沒聽見她叫我雲澤哥哥嗎？」

莫榛愣了一下，然後撞上向雲澤的目光，兩個人突然就笑了起來。

黎顏聽著從客廳裡傳來的低笑聲，總算鬆了一口氣，男人的友情是經得起考驗的！

「大力，妳要小心一點，向公子最近正在被逼婚，他一急說不定會公開出櫃的。」陳清揚在一旁幫忙，順便提醒道。

「……所以呢？」

「妳想啊，他要出櫃的話，對象一定是莫天王啊！」

「……」黎顏用同情的眼光看著好友，果然又發病了啊。

由於莫榛隔天還有工作，陳清揚不好意思死皮賴臉地留在這裡，吃完飯後就跟向雲澤一起回去了。

莫榛洗完碗，黎顏已經洗好澡坐在床上玩手機了。自從兩人正式在一起後，黎顏就從側臥搬到了主臥。

除了把行李帶過來，她還沒忘記床頭的那張海報。

莫榛的主臥裡也貼著一張自己的海報，還是一張劇照，黎顏本想把兩張海報並排在一起，但是他不同意。

他實在是受不了自己的半裸海報出現在臥室裡。

沒有了海報，黎顏很不高興，不過莫榛一句話就讓她換了心情。

海報有什麼好的，想看的話我隨時可以脫給妳看。

於是黎顏很乾脆地把海報扔回了側臥。

莫榛走到床邊，從後面抱住她，還順手把手機放上床頭櫃。黎顏知道又要開始做每日的飯後運動了，只是這次運動完後她有些擔心。

「榛榛，我會不會懷孕啊？」黎顏仰著腦袋，看著頭頂閉著眼睛的人。

莫榛的眸子動了動，認真地想了想道：「會。」

黎顏一張小臉頓時垮了下來，聲音裡滿是委屈：「我不要當未婚媽媽。」

莫榛勾著嘴角笑了笑，睜開眼揉了揉她的頭髮，「阿遙，我們結婚好不好？」

黎顏一下子就懵了，「榛榛，你、你這是在求婚嗎？」

「是。」無比鄭重的口氣，彷彿在宣誓一般。

「可是電視裡求婚都會有鮮花、戒指還有下跪，我什麼都沒有。」

莫榛看著懷裡的人，忍不住悶笑了一聲：「我今天來不及準備，改天補上好嗎？」

「唔……」黎顏想了想，點了下頭，「好吧。」

見她這麼乾脆，莫榛又不放心了。總覺得她恢復了阿遙的記憶後，變得比以前還蠢了。

可是心裡卻軟得不像話。

在她的額上輕柔地吻了一下，莫榛忍不住俯下身，又認真地把她吃乾抹淨一次。

◎　◎　◎

一個月後，網路上再度迎來一場腥風血雨，罪魁禍首同樣是莫姓天王。

他的FB上發了一篇文，內容只有一個笑臉和一張圖，身分證上的配偶欄被填上名字了。

「放閃照者天誅地滅！」

「坐等離婚協議書的照片。」

「今晚有人想上天臺的嗎？西南地區組團，速來。」

「我為什麼要手賤看FB！為什麼！東北地區求組團！」

「今天看到好多組團的資訊，還以為是出了什麼新遊戲，我果然還是太嫩了

TAT。西南地區的等等我！」

「要去天臺的記得提前去占位子啊！擠不下這麼多人！」

當陳清揚看見FB上的照片時，也迅速地發了一篇狀態：「作者上天臺去了，我們有緣再見。」

讀者們再度陷入了等待作者痊癒的痛苦期。

莫榛和黎顏的婚禮辦得很低調，也禁止一切媒體採訪，只邀請了雙方的親戚朋友參加。

陳清揚自然也在受邀之列。

那天晚上她雖然想上天臺，可是去了之後才發現……連天臺都沒有她的一席之地了，還是回家睡覺吧。

為了在婚禮上搶新娘子風頭，陳清揚花了大錢打扮一番，可是到場後還是輸了。那兩個人站在一起，就像北極星一樣耀眼，最重要的是，她的男神眼裡只看得見自己的新娘。

她被這一幕刺激，喝了很多酒，最後都不知道是誰把她帶走的，只知道醒過來後，發現自己躺在酒店裡。

陳清揚的酒一下子全醒了，身上那條貴死人的裙子不見，取而代之的是酒店的睡袍。最可怕的是，廁所裡還有人洗澡的聲音！

陳清揚腦子轟隆一聲，還沒從震驚中回過神，浴室門就被打開了，向雲澤從裡面走了出來。

陳清揚睜大著眼，羞憤交加地衝他大罵道：「你這個人渣！色狼！死變態！你對我做了什麼？」

向雲澤挑了挑眉，走到她身邊坐下，「我們都這樣了，妳覺得是做了什麼？」像是回想起了什麼，他笑著湊近她，「話說回來，妳還真是熱情。」

陳清揚一把抓過身後的枕頭，就朝他頭上打去，「去死啊！我今天就要為民除害！」

向雲澤輕而易舉地抓住她襲來的手，扣在床上，陳清揚使勁地想把手抽出來，無奈對方力氣太大，自己根本掙不開。

「放手啊混蛋，弄痛我了！」

向雲澤稍稍放輕了力道，一雙黑眸像是能蠱惑人一樣專注地看著她，「我只會和喜歡的人做這種事。」

陳清揚愣了一下，然後用另一隻手抓住枕頭朝他的頭打去，「說的我好像很隨便一樣，我也只會和喜歡的人做啊！」

向雲澤笑著躲過了枕頭，看著她道：「既然我們互相喜歡，不如就在一起吧。」

陳清揚頓時一僵，他們都這樣了，只能在一起了啊！

正當她準備答應的時候，向雲澤突然笑了起來，「抱歉我本來想這麼說的，可是我們什麼都沒做過。

「妳的衣服是客房服務員幫妳換的，妳吐了我一身，我才去洗澡的。」

「……」陳清揚無語了。

可惡，她早該想到的！按照小說情節，這才是正常的發展！

可是……她惡狠狠地看了向雲澤一眼，猛地屈膝，擊中了他的要害部位，向雲澤頓時臉色都變了。

陳清揚滿意了，哼，誰叫他要戲弄她！這招可是大力親自教她的！

向雲澤看著面前得意的女孩，緊繃著嘴角道：「弄傷了我，將來哭的還是妳。」

「……你是想要我再來一腳嗎！」

另一邊，忙了一天婚禮的黎顏已經累癱在床上。莫榛搖了搖她的肩膀，放柔聲音道：「阿遙，去洗個澡再睡。」

「唔，不要……」

莫榛眨了眨眼，「不然我幫妳洗？」

「好啊。」

好？莫榛眸光沉了沉，既然妻子都這麼放得開，他還能放不開嗎？正準備把人抱起來，飄飄就突然出現在半空中，「莫天王，小貓咪，新婚快樂！」

「……」莫榛用眼神示意，妳走的話我會更快樂。

像是看穿了他的心思，飄飄撇了撇嘴角，「我就是來辭行的，既然你們兩個已經修成正果了，我也算功德圓滿了，我要去投胎了。」

「投胎？」黎顏終於坐了起來，「飄飄你要去哪裡投胎啊？」

「是常大師幫我找的人家！」

等等，常大師？「常心？」

飄飄的臉一垮，糟糕說漏嘴了。

莫榛皺起了眉，「到底怎麼回事？這件事跟師父有什麼關係？」今天的婚禮師父也沒有來，只托人送來了一份賀禮。

飄飄嘆了口氣，解釋道：「之前我差點被鬼差打得魂飛魄散，是常大師救了我，他跟我說只要我幫你們修成正果，就能幫我投胎轉世。」

黎顏偏了偏腦袋，「鬼差為什麼要抓妳？」

「呃，因為我犯了點小錯。」她前世是被自己的未婚夫親手害死的，本來想去找他和小三報仇，結果把鬼差引來了。

見黎顏還想繼續問，飄飄趕緊道：「時間來不及了，我再不走就錯過時間了，再見！」

見字還沒說完，飄飄已經不在了。

雖然知道投胎是好事，但黎顏心裡還是有些難受。

莫榛見妻子皺著眉頭，走上去抬起她的下巴，「阿遙，妳想要男孩還是女孩？」

「……」她還這麼年輕，她都不想要啊，嗚嗚。

——番外一〈男神帶我飛〉完

番外二

小包子找媽媽

儘管莫榛的婚禮進行得如此低調，還是有不少關於婚禮的傳聞流了出來。比如說婚禮的造型師是安奕，比如說婚禮現場星光熠熠得堪比走紅毯，比如說新郎和新人如何恩愛得閃瞎人眼。

在廣大粉絲的心臟經歷了一次又一次的考驗後，她們覺得自己已經可以坦然面對莫天王放任何閃光了。

然而今天他再一次挑戰了她們的承受上限。

「今天陪老婆去醫院做檢查，醫生說我馬上就要當爸爸了，請大家祝福我。:)」

底下立刻冒出一連串的崩潰留言。

「哈哈哈哈哈，祝福你馬上就要進入十個月的禁欲期了！」

「祝你和五指姑娘相處愉快。」

「聽說女人孕期男人的出軌率非常高，接下來你可以放離婚協議書了。」

「喜歡上你這種偶像我覺得自己也是蠻拼的。」

莫榛耐心地看完粉絲的評論，然後又發表了一則FB。

「你們不要騙我，醫生說三個月穩定後就可以繼續撲倒了。」

廣大粉絲：他們到底是喜歡上了什麼樣的人啊！連孕婦都不放過！

黎顏也看見了莫榛的這則貼文，她抽了抽嘴角，這一年來他的形象簡直急轉直下啊，但是粉絲數量不減反增，也太莫名了吧！

啪！筆電被關上，莫榛有些不滿地站在妻子背後，「醫生說了，妳現在要少接觸電子產品。對了，妳的手機給我，以後也盡量不要用了。」

「……」嗚嗚，不給她上網，連手機也要沒收，乾脆去深山裡修行算了。

氣鼓鼓地蓋上被子，黎顏用後背對著莫榛。

莫榛有些無奈，彎下腰揉了揉她的頭髮，「阿遙乖，現在有了寶寶不能再像以前那麼蠢了知道嗎，特別是走路一定要小心。」

黎顏心想，早知道就不要結婚了，嗚嗚。

懷孕是一件很辛苦的事，對黎顏和莫榛來說都是。黎顏要面對孕吐、浮腫等妊娠反應，而莫榛要面對的就是看得到但吃不到的日子。

最近莫榛出鏡頭前都是一副欲求不滿的臉，粉絲們看見以後表示相當欣慰。

黎顏的預產期在三月，莫榛幾乎推掉了所有工作，一天到晚緊張兮兮地盯著她。

這十個月來，黎顏被監管得十分嚴格，連之前周主編說幫她拍一套孕婦裝，都被莫榛冷著臉拒絕了。

好不容易進入預產期，她終於要解脫了。

而這個小生命也終於在大家的期盼下誕生了。莫天王在醫院處理好了一切事情後，第一時間在FB上發了文。

「我順利當上爸爸了，是個兒子，和我一樣帥。:)」

雖然粉絲們還是很鬱悶，但這次總算沒有嘲諷他。畢竟小生命的誕生是一件喜悅的事，儘管心不甘情不願，大家還是說了許多祝福的話。

圈內許多明星也紛紛留言祝賀，莫天王看著病床上還在昏睡的的黎顏，眼裡的溫柔都快化出一灘水了。

兒子的大名是莫榛取的，叫莫晨瑞，小名是黎顏取的，叫瑞瑞。

莫晨瑞長得很好，特別是一雙眼睛，像天上的星星一樣明亮，黎顏非常擔心他長大以後會像他爸爸一樣禍害無數少女。

不過莫榛有意無意地提過，並不打算讓兒子也走演藝圈這條路，畢竟他很清楚這條路有多辛苦，他還是希望瑞瑞小朋友能像普通的小孩子一樣生活。

所以莫晨瑞長到三歲，還沒有一家媒體拍到過他的照片，只有莫天王自己發在FB上的照片，還都是一歲以前的。

但是媒體哪會死心啊，莫天王的兒子，不需要任何報導，光靠一張照片就能登上頭條！

不止媒體，連許多名導和廣告商都想找瑞瑞出鏡，不過都被莫榛拒絕了。如果兒子主動提出要進演藝圈，他也不會堅決反對，但至少不要讓他的童年被鎂光燈占滿。

因為莫天王工作忙，瑞瑞基本上都和黎顏待在一起，所以也特別黏她，連穿衣服也一定要讓媽媽穿才覺得舒服。

「媽媽起床啦。」莫晨瑞一早就拚命地敲黎顏的房門，黎顏被吵醒了，本來想推身旁的人去開門，才突然想起她家榛榛去國外拍戲，下週才回來。

沒辦法，她只好迷迷糊糊地起來開門。

「媽媽，幫我穿衣服。」莫晨瑞跑進屋子，舉著一件小外套看著她。

她本來想教他自己穿衣服，結果被他水汪汪的眼神一看，心就軟了，哦了一聲就拿起衣服往他身上套。

「媽媽，妳穿反了！」最後還是莫晨瑞自己把衣服穿好的。

穿戴好後，黎顏滿意地看了他一眼，蹲下身在他臉上親了一口，「瑞瑞真帥！」

莫晨瑞小朋友也在她臉上啾了一口，「媽媽也好漂亮！」說著又在另一邊臉上啾了一下，平時爸爸在的時候都不讓他親媽媽，趁著爸爸不在，一定要多親幾下。

兩個人洗漱完，就下樓去吃早飯。想到今天要去外公家玩，莫晨瑞就連吃飯都特別快，每次去外公家，他都要在道館裡摸爬滾打一下午。

「媽媽我吃完了。」莫晨瑞舉起自己的杯子，杯口朝下倒了倒，表示他一滴牛奶都沒有剩。

「唔。」黎顏見他吃完，也趕緊把自己盤內的東西掃光，「瑞瑞去看看車子來了沒有，我把這裡收拾好就走。」

「好。」莫晨瑞從椅子上滑了下去，打開門的時候計程車剛好停在門口。儘管都結了婚生了孩子，但莫榛還是不准妻子開車。

匆匆上了車，莫晨瑞坐在黎顏的膝蓋上，仰著腦袋看她。

「媽媽，我今天要跟大師兄學擒拿手。」

黎顏抽了抽嘴角，心想你還這麼小怎麼學擒拿啊，別人一抓你的衣領就能把你扔出去了。

見親愛的媽媽不說話，莫晨瑞不開心了，「大師兄說了要教我的。」

他嘴裡的大師兄其實是黎顏的大師兄，不過他一直都跟著媽媽喊。

「好好，大師兄可厲害了，讓他教你。」黎顏理了理他的衣領，莫晨瑞這才笑了起來。

到了道館，莫晨瑞就一個勁地往裡衝。

黎顏雖然還是莫榛的助理，但是因為還要照顧這個小傢伙，也不能像以前那樣一天二十四小時跟著他了，像這次去國外拍戲，她就沒跟去。閒的時候，就會來道館客串一下防身術教練，有時候也會去幫雜誌拍照。雖然生過小孩，但是黎顏的身材已經恢復了，而且她才二十六歲，還青春著呢。

聽說莫晨瑞要來，附近好幾個小女孩都跑到道館來玩了，看見莫晨瑞的時候就差著一張小臉。

莫晨瑞在黎顏面前雖然很愛撒嬌話又多，但在外面卻沉靜得很。

簡直和他爸爸一模一樣。

黎顏在道館教著女學生，也沒有留意到莫晨瑞什麼時候跑出去的。跑到院子裡，一個小女孩正在哭，他皺著眉頭走過去，「妳為什麼哭？」

語氣涼涼淡淡的，可是小女孩抬起頭看見他，眼淚立刻止住了，「我迷路了，找不到我家在哪裡。」

莫晨瑞的眉毛又皺了皺，真蠢，就跟媽媽一樣。

「別哭了，我帶妳去找找。」跟著莫晨瑞出來的大師兄看見他拉著一個哭哭啼啼的小姑娘出去了，忍不住在心裡嘖了一聲，這個小鬼頭，比他爸爸還賊，這麼小就會追女生。

不過想到這一帶治安很好，那個小姑娘又住在這附近，他就沒有追上去。

一路上莫晨瑞聽小女孩描述，自己是第一次來道館，還是被其他小朋友硬拉來的。他問她來這裡做什麼，小女孩老老實實地說是來看一個叫莫晨瑞的人。

莫晨瑞撇了撇嘴角，幼稚園裡也有很多女生老是喜歡盯著他看，其實他滿煩惱這件事的。

兜兜轉轉，總算把小姑娘送回了家，但是換莫晨瑞迷路了。

每次都是直接搭車到外公家，很少到外面走動，眼前景象完全陌生。

走到前面路口，小腦袋四處看了看，好像不是他和媽媽來時的那條路。正當他苦惱的時候，眼睛突然一亮，對著眼前的看板喊：「爸爸？」

看板上的只是照片，當然沒有人回答。

莫晨瑞不開心了，平時在家裡爸爸就不怎麼親近他，現在迷路了爸爸還不理自己。於是他又伸出小手在看板上拍了拍，又叫了聲：「爸爸！」

看板依然沒有回應，倒是引起了一個路人的注意，他走過來問：「小朋友，你怎麼了？」

莫晨瑞看了他一眼，不理他，繼續對著看板叫爸爸。路人的眼裡露出一抹惋惜，這個小朋友長得這麼好看，可惜是個傻子。

他咧著嘴露出一個微笑，盡量讓自己看上去和藹可親一些：「小朋友，你是不是在找爸爸？你爸爸叫什麼名字，叔叔幫你找好不好？」

莫晨瑞回過頭來，終於和他說了一句話：「我爸爸叫莫榛。」

路人愣了一下，只當他在開玩笑，便伸手去拉莫晨瑞，「叔叔帶你去找爸爸好不好？」

「不好。」莫晨瑞抽回自己的手，「媽媽說不能跟陌生人走。」

路人覺得這孩子雖然人傻了點，但是家長教育得還滿好的。

「那我帶你去找警察叔叔好不好？」

此時，一個巡邏的員警剛好路過，見到小男孩一臉不願地被拉著走，立刻停了下來，「你是什麼人？想做什麼？」

路人無辜地解釋：「他一直對著莫榛的看板叫爸爸，我只是想問他需不需要幫助。」

員警狐疑地看了看他，蹲下身來看著莫晨瑞：「小朋友，你叫什麼名字？」

莫晨瑞見這人穿著警察的制服，媽媽曾說過遇到困難就找警察叔叔，所以他特別配合地道：「我叫莫晨瑞，莫榛是我的爸爸。」

路人一副「你看吧」的表情，朝員警揚了揚下巴。

員警鍥而不捨地道：「你記得爸爸的電話嗎？」

莫晨瑞想了想道：「我記得媽媽的電話。」

記得電話就好辦，員警把自己的手機拿出來，撥了莫晨瑞說的號碼。

電話剛接通，莫晨瑞就對著手機喊：「媽媽，我看見爸爸了！」

「啊？」黎顏愣了愣，「他不是在法國拍戲嗎？你在哪裡看見他的？」

「就在路口，他和一個漂亮姐姐在一起，我叫他他都不理我！」

員警和路人看著莫榛和名模Ariel的看板，同時沉默了。不管他的爸爸是誰，他們現在只想為他默哀。

黎顏一聽，也不管時差不時差，氣得直接打給遠在法國拍戲的老公。

莫榛剛好在休息，看了一眼手機，接了起來，「阿遙，什麼事？」

「榛榛，你在哪裡？」

「我在片場啊，怎麼了？」

「你騙人！瑞瑞說他看見你了，還說你和一個漂亮姐姐在一起！」

莫榛沉默了一秒，問道：「瑞瑞在哪裡看見我的？」

「就在路口！」

「……妳確定他看見的不是廣告看板之類的嗎？」

「……我再去問問。」黎顏飛快地掛斷了電話，又找出剛才的號碼回撥過去，只不過這次是員警接的。

「妳好。」

黎顏愣了愣，才想起他們沒有給莫晨瑞手機，他怎麼能打過來？

員警見對方沒有說話，又繼續道：「妳是莫晨瑞的母親嗎？」

「是的。」

「我是警察，我們現在在路口的公車站，妳過來接他吧。」員警報了站名，就掛斷了電話。

黎顏很快就到了公車站，莫晨瑞一看見她，直接撲了上去，「媽媽！」

「瑞瑞，你怎麼一個人跑到這裡來？」黎顏把他抱起來，有些不高興地問。

「唔，我剛剛送一個小女孩回家。」他才不要告訴媽媽他迷路了呢，太丟臉了！

員警見對方是一位年輕媽媽，忍不住上前告誡了她幾句。黎顏不好意思地點頭道歉，目送員警離開。

等大家都走了，莫晨瑞小朋友還不忘告狀：「媽媽你看，爸爸！」

黎顏順著他的小手看了過去，果然是廣告看板。她戳了戳瑞瑞的臉，道：

「這個是爸爸拍的廣告，不是爸爸。」

莫晨瑞不解地看著她，「廣告是什麼？」

「廣告就是……廣告。」

「……」算了，他還是去幼稚園問老師吧。

莫晨瑞五歲的時候，莫榛終於接受了一家媒體的採訪，這家媒體從莫晨瑞出生就開始約稿，約到現在，莫榛都被感動了。不過採訪也是有條件的，只在家裡採訪，而且不能拍照和攝影。

儘管這樣，記者妹妹也喜極而泣了，拿到這個獨家專訪，她一定會加薪的！而且可以見到莫晨瑞小朋友，真是太榮幸了！

五歲的莫晨瑞比三歲又長開了一些，眉眼間像極了莫榛，已經在學校裡迷倒了一大堆小朋友，不過他還是最愛黏著黎顏。

記者妹妹看到他時心都要化了，這簡直就是迷你版的莫天王啊，好想上去親一口啊。

莫晨瑞面對外人一向很冷漠，這會見到記者也只是賴在媽媽的懷裡不起來，黎顏讓他打招呼他才打招呼。

記者在旁邊的沙發上坐下，拿出了錄音筆和筆記本，做了個簡短的開場白，就開始問準備好的問題了。

「瑞瑞小朋友，平時有什麼興趣愛好嗎？」

「武術。」

「瑞瑞是比較喜歡媽媽還是爸爸？」

「媽媽。」

「為什麼？」

「因為爸爸只親媽媽不親我。」

「……」記者總覺得自己不小心問出了什麼不得了的事。

黎顏也有點不好意思了，只有莫榛還跟個沒事人一樣坐在旁邊。

採訪結束後，記者妹妹看著莫晨瑞求親親，結果被他冷著臉拒絕了。

記者妹妹的心頓時碎了，為什麼才五歲就這麼冷漠，本來還想假裝是縮小版的莫天王在親自己……

送走了記者妹妹，莫榛讓莫晨瑞回自己的房間。莫晨瑞覺得爸爸一定又要欺負媽媽了，死賴在黎顏的懷裡不起來，還惡狠狠地瞪著他，不過最終還是戰敗。

輸了的莫晨瑞痛定思定，下次一定要讓大師兄再多教自己幾招，他就不信打不過爸爸！

趕走了莫晨瑞，莫榛也把黎顏拐進了房間。在她的唇上親了親，莫榛低聲道：「阿遙，瑞瑞已經五歲了，不如我們生個妹妹陪他吧。」

「我不要生了，生孩子好痛。」

莫榛笑著把她撲倒在床上，在她的耳垂上咬了一口，「不痛，相信我。」

「……」你當然不痛啊，混蛋！

——番外二〈小包子找媽媽〉完

番外三

好事成雙

文學網站即將舉辦作者大會，身為該網站大手之一的陳清揚同學，理所當然地收到了邀請。

比較令她不爽的是，一地菊花也收到了邀請。

這還是一地菊花第一次參加作者大會，陳清揚想著作為前輩，一定要給她留下一個難忘的經驗。

翻出了參加黎顏婚禮時的那套小禮服，陳清揚倍感欣慰，她還以為這件貴得痛心的衣服她這輩子只能穿一次呢，沒想到這麼快就又有機會穿了。

「啦啦啦，今天真開心～」

陳清揚邊包著浴巾邊從浴室走出，今天一定要打扮得很完美，狠狠打擊一地菊花的心！

正要走去拿衣服時，餘光看見床上的手機螢幕亮起，她拿起來看，向雲澤發來一封簡訊：明天過來吃飯，爺爺想見妳。

「……什麼嘛。」

她這個假女友都扮幾個月了，向雲澤還沒有一點要跟自己分手的意思，再這麼下去，她得按女主角的片酬來收費了。

「明天我沒有空，改天吧。」

「妳明天有什麼事？」

陳清揚嘖了一聲，這口氣還真以為自己是她男朋友了？

「我明天要去參加作者大會，菊花大大也要去。這是我們女人之間的戰鬥，你不懂。」

向雲澤看著這條簡訊，忍不住笑了一聲，回覆：「你們在哪舉辦作者大會？我送妳去。」

看著簡訊，陳清揚扯了扯嘴角，打下：「……不用，我認識路。」

「妳可以在一地菊花面前炫耀妳有這麼優秀的男朋友。」

「……」陳清揚心想，自己真是被瞭解得很徹底啊。

不過轉念一想，他這句話還是滿有道理的，畢竟菊花大大的男朋友都是從她好友那裡搶來的。

於是陳清揚高興地同意了，有男朋友果然好啊，即便是假的。

說起假男友，她想起網拍上還有賣男朋友的，一時興起，就搜尋了一下虛擬戀人。

所謂虛擬戀人，就是根據妳的需求，網拍老闆會指派一個店員假扮妳的男朋友。

在服務時間內，他會像戀人一樣陪妳聊天、聽妳發牢騷、對妳說早安和晚安，當然，他們不提供情色服務。

「親愛的，妳想要哪一種男朋友？我們這裡有總裁、正太、大叔、傲嬌等等，應有盡有～」

陳清揚想了想，道：「給我一個竹馬暖男吧。」

「好的。另外提醒您，因為是特價期間，一旦發貨即不接受退貨哦。服務時間為一小時，如果您對您的男朋友很滿意，可以找我為您續單。」

「什麼都可以聊嗎？」

「電話PLAY什麼的不行喔，我們這邊都是正經的男孩子。」

「……知道了。」

付了款，很快便有一個叫小寶的人來加她LINE。

「親愛的，妳想我了嗎？」

陳清揚抿了抿嘴角，問道：「你是機器人嗎？」

黑心店家弄一個自動回覆的機器人來聊天也有可能。

「囧，我是貨真價實的人類，妳要摸摸看嗎（羞）」

陳清揚想了想，又打：「你真的是男人嗎？」

「想聽我的聲音嗎，我可以打電話給妳。^_^」

「那你猜我是不是機器人？:)」

「……」

「你猜我是男人嗎？:)」

「……」

此時的對方心裡應該想說：這人是不是來搗亂的？

「哈哈哈，不開玩笑了，其實我是一個網路寫手，正在為新的小說尋找靈感。」

「小說家！妳好厲害！妳的新小說是什麼類型啊？」

「探討強核力所賦予物質的品質和由希格斯場闡述的部分是否相互獨立。」

小寶頓時覺得，這個天……好像聊不下去了。可是時間還沒到一個小時，他只能硬著頭皮陪她聊天。

陳清揚也在和小寶聊天中得知，對方是個大三生，做這份打工是為了賺生活費。

「小寶你好棒，我會給你好評的，但是現在我要去睡美容覺啦～」

「啊，可是還有二十分鐘呢。」

「沒事啦，我下線了，掰。」

陳清揚說下線就下線了，不過沒有想到小寶竟然直接打來了。

「妳睡吧，我唱二十分鐘的歌給妳聽。」

陳清揚心想，這孩子也太敬業了吧！

小寶說完就唱了起來，唱的還是莫天王的歌。

這下陳清揚捨不得掛電話了，別說對方的聲音非常清澈，唱起歌來十分悅耳。她想小寶在學校裡一定有很多女孩子追吧。

陳清揚聽著聽著就睡著了，也不知道電話是什麼時候掛斷的。

第二天早上起來，她先去給小寶五顆星好評，才出門做頭髮。

向雲澤來得很準時，只不過陳清揚看見他那輛銀灰色跑車時，嘴角忍不住抽搐，「你平常不是開賓士嗎？」

向雲澤笑了笑道：「既然是去炫耀，當然得開跑車，賓士太低調了。」

「……」突然覺得自己下手會不會太狠了？

希望菊花大大撐得住。

到達會場時，已經來了不少作者，大家都坐在會場裡聊天。

突然，有個人扯著嗓子叫了一句：「快來看，樓下停了一輛藍寶堅尼！」

這下整個會場都沸騰了，本來該網站的作者就幾乎全是女性，這下看到一輛那麼酷炫的跑車，大家都激動起來了。

「如果我老公也開這種車送我，我就答應生第二胎！」

「有人下來了。天啊，長得好帥！我不要車了我要人～」

「你們猜他是來送哪個作者的？」

「也許是《霸道總裁愛上我》？」

這時陳清揚也從車裡下來了，跟著大家一起擠在窗邊的菊花大大幾乎一眼就認出了她，臉色變得十分難看。

「哇，那個好像是水煮檸檬呀！」

「等等，讓我來鑒定一下……真的是檸檬！她什麼時候有這麼棒的男朋友了？」

彷彿是察覺到樓上的視線，向雲澤往樓上看了一眼，還朝她們笑了一下。

「醉了醉了。」

「決定了，我待會要喝鮮榨檸檬汁！」

「天啊，親了！」

這句話一出，幾乎所有人都要撲出窗外了。

只見向雲澤的手輕輕摟著陳清揚的腰，低頭在她的額頭上吻了一下。陳清揚頓時面紅耳赤，又想屈膝攻擊他的重要部位了。

「冷靜，做戲要做全套，我的服務很到位吧？」

「……」

確定不是要吃她豆腐嗎？

「結束後打給我，我來接妳。」

說完，向雲澤朝樓上的一排排觀眾揮了揮手，開著跑車揚塵而去。

陳清揚一上樓，就發現所有人都虎視眈眈地盯著自己，她有些尷尬地笑了笑，在人群中找著認識的人。

然後朋友就自己衝了出來。

「檸檬，妳穿這麼漂亮是準備去走紅毯啊？」

「檸檬，妳男朋友這麼帥，怎麼從沒聽妳提過？」

「檸檬，能不能幫我也介紹一個……」

此起彼落的問句冒了出來，這下大家關注的焦點都在陳清揚身上，一地菊花看得臉都綠了。

吃飯時，陳清揚和朋友同一桌，她偷偷地向朋友說道：「其實他就是那個一直給我禮物的花斑。」

音量不大不小，其實是故意說給同桌的一地菊花聽的，當初就是她見到陳清揚上了排行榜，覺得很不高興，才故意找人去給她負評。

滿意地看到菊花大大跟便祕一樣的臉，陳清揚就覺得心情很好。

作者大會還沒結束，各位作者的照片就在ＦＢ上傳開了。

陳清揚簽到時和上臺領獎時的照片都被放上了ＦＢ，讀者們見到，紛紛在她下面留言：「檸檬女神嫁給我！」

陳清揚的虛榮心得到了滿足，這套四位數的裙子終於發揮了價值。

這一局陳清揚可謂獲得全面勝利，特別是在向雲澤來接她的時候，她簡直覺得自己就是公主了。

「這麼開心？」向雲澤看著旁邊一個勁傻笑的人，自己也跟著染上了一層笑意。

「當然啦！你沒看見菊花大大的表情，川劇變臉都沒這麼精彩！」陳清揚說完又有點憂傷，「不過我覺得她回去後可能會和男朋友分手。」

憂傷了兩秒，又哈哈哈地狂笑起來。

「……」

他果然不懂女人的戰鬥。

陳清揚心情很好地登上了ＦＢ，然後看見了——

莫榛：「今天陪老婆去醫院做了身體檢查，醫生說我馬上就要當爸爸了，請大家祝福我。:)」

「花斑，去酒吧！」

瞬間從天堂掉到地獄的感覺，實在太悲慘了。

向雲澤長這麼大，除了黎顏拒絕自己的那次，還真的不太喝酒。看著陳清揚一直猛灌，他終於忍不住抽走她手上的酒瓶，抱著她就往外走。

他不喜歡酒吧，更不喜歡她待在這裡。

陳清揚喝得迷迷糊糊，好在沒有像上次一樣吐他一身，只是一路上都在唱：「只願得一人心，白首不分離離離離離～」

向雲澤看她醉得一塌糊塗，沒辦法送她回家，只好把車開到了飯店。

剛扶著她走到床邊，陳清揚的手機就響了。向雲澤從她的包裡掏出手機，是一個叫小寶的人打來的。

一接起來，他還來不及說話，對方充滿活力的聲音就傳了過來：「女朋友，一天不見想我了嗎？」

向雲澤看了一眼整個重量都壓在自己身上的人，淡淡地道：「你是誰？」

對方明顯愣了一下，然後反問道：「你又是誰？」

「我是這個電話主人的男朋友。」

「哈哈，我是主人在網拍上買的智慧男朋友軟體，每天會定時打電話給她，那麼再見！」

「……」

向雲澤冷著臉把電話扔在床上，低頭看著懷裡的人。

對方像小貓一樣瞇著眼睛，軟趴趴地搭在他身上，裙子也因為一路上的拉扯有些凌亂，胸口風景更是若隱若現。

向雲澤的眸色沉了沉，他已經和她來飯店開了三次房，要是再不發生點什麼，他都覺得對不起飯店了。

雖然不想趁人之危，可是她竟然敢背著他在網路上找男朋友？

看來不教訓一下不行。

他把人扶到床上躺下，就俯身壓了上去。

◐ ◐ ◐

等陳清揚醒來，發現自己和向雲澤躺在一張床上，而且彼此都沒有穿衣服，她捂著嘴無聲地尖叫起來。

她現在只有一個想法，終於還是弄假成真了……

看來這手，分不成了。

想從床上起來，結果剛動了動，就被人摟緊了，「去哪？」

「……洗澡。」

向雲澤沒有睜開眼睛，卻是笑了笑，「我喜歡。」

「你喜歡那就你先去吧，呵呵。」

「一起。」

向雲澤一翻身就把人抱了起來，換來陳清揚一聲尖叫。

浴室裡的風景太好，向雲澤覺得他又有點控制不住自己了。把陳清揚抵在磨砂窗上，他親了親她的鼻尖，「我們結婚吧。」

「……」雖然說她沒有真正的反抗，但是結婚……會不會太快了？

「三，二，一，倒數結束，我當妳默許了。」

「……」陳清揚不可思議地看著向雲澤，這個人還能再不要臉一點嗎？

結果他們還是結了婚，而且很快有了個女兒，名叫向青。

向青似乎遺傳到了爸爸的基因，在數學上有著卓越的天賦。

「媽媽，我做完作業了。」

五歲的向青拽著課本跑到客廳，又纏上了她的媽媽。

陳清揚拿起來看了一眼，頓時皺起眉頭，「這是你們老師給的作業？會不會太難啊？」

「不是，老師給的作業太簡單了，我做的是六年級的作業。」

「……」

「不過六年級的課程我也上完了，下週開始做國中的好了。」

「……」

「媽媽，我們來比賽數獨吧！」

陳清揚的嘴角抽了抽，「找你爸爸。」

「可是爸爸還在學校。」

「那……妳先去背圓周率吧。」

「圓周率我都背到一百多位數了！」

「……」陳清揚在內心大喊，救命啊，她的女兒也聰明過頭了吧！

向青比莫晨瑞小一歲，可是讀完一年級後就跳級到了三年級，和莫晨瑞成了同班同學。當然這是向雲澤在送向青來的時候刻意跟導師說的，因為女兒和莫晨瑞認識，所以想讓他多照顧照顧。

莫晨瑞旁邊的位子可是很熱門啊，班上有多少女生想和他坐一起，沒想到被一個突然冒出來的小丫頭搶走了。

向青今年才七歲，是班上年紀最小的。雖然剛上三年級，但是臉上已經戴了一副厚厚的眼鏡。

班上其他女生見她長成這個樣子，竟然還能和莫晨瑞坐同桌，非常不服氣，所以平時對向青也不怎麼友好。

向青本人倒是不介意，每天都拿著筆在本子上寫寫算算，活在她的小世界裡。

向青的成績非常好，每次考試都是第一個做完的，而且次次都考一百分。莫晨瑞的成績就沒這麼好了，雖然不至於不及格，但也沒少考八十幾分。

不過他很想得開，反正他的特點是長得漂亮。他看了一眼旁邊綁著兩個小辮子、眼睛都被鏡片遮住的向青，覺得老天爺是公平的。

「看什麼？」一直在算數的向青突然問了一句。她平時不愛和其他同學說話

——雖然莫晨瑞覺得主要是沒人想跟她說話，但現在主動跟自己說話，莫晨瑞還是有點小意外。

「沒什麼。」說完他就轉過頭去。

這時，他們班的小班花跑了過來，「莫晨瑞，我們去外面玩好不好。」

「不好。」即使是對待班花，莫晨瑞也一樣冷淡。

小班花似乎受到了打擊，撒嬌似的開始拉他的手臂，「咚咚他們都在外面等你。」

莫晨瑞被糾纏得有些無奈，他抽回手，指了指向青的作業本，「你看得懂她在寫什麼，我就跟妳出去玩。」

「真的？」小班花眼睛一亮，一把扯過向青的本子，向青還在寫字的手頓了頓，什麼也沒說。

「唔，妳在寫什麼啊？」小班花直接把本子丟回向青面前。

向青推了推臉上的眼鏡，把本子擺正又繼續寫了起來，「正弦函數，以妳的智商可能讀完高中都不會懂。」

她的話小班花雖然聽不太懂，但是她覺得肯定是在罵她，哇一聲便哭了出來。

「花花，妳怎麼哭了？」被其他同學通知，前來關心情況的導師安撫地摸了摸她的頭，問道。

「向青她罵我！」花花同學指著向青。

「我沒有，我只是在陳述事實。」向青繼續算數，連眼皮都沒有抬一下。

導師也知道向青的個性，她只在乎算數，不喜歡多做解釋。於是便轉頭問莫晨瑞：「莫晨瑞，向青罵花花了嗎？」

「我沒聽見。」

花花見莫晨瑞幫向青說話，哭得更加不可收拾。

老師頭痛地帶著她出去了，直到聲音消失在走廊外，莫晨瑞才鬆了口氣。他看了一眼低著腦袋的向青，忍不住又問：「妳整天寫這些有什麼意思？」

向青終於停下了筆，看了一眼莫晨瑞那張八十三分的數學考卷，「像你這種營養全都用在臉上的人，當然不明白。」

莫晨瑞一愣，扯著嘴角笑了笑，「總比妳這種嫁不出去的醜八怪好。」

向青愣了愣，然後毫無徵兆的，眼淚就掉了下來。

莫晨瑞被嚇了一跳，這個落淚的速度，恐怕連他爸爸都比不上啊。

「妳哭什麼？」

向青也不知道自己為什麼要哭，平常班上男生說她是醜八怪，她從來沒放在心上，可是聽到莫晨瑞這麼說，她就難過得想哭。

「妳不要哭了，對不起。」莫晨瑞道著歉，可是向青還是止不住地哭。「大不了以後妳嫁不出去，我娶妳。」

向青抽抽噎噎幾下，終於不哭了，莫晨瑞不耐煩拿出衛生紙，摘下了她臉上的眼鏡。

「怎、怎麼了？」向青眼睛紅紅地看著他。

「沒什麼。」莫晨瑞拿著衛生紙在她臉上亂抹了一下，沒想到她摘了眼鏡還滿好看的。

這個小插曲過後，向青繼續埋著頭寫寫算算。

莫晨瑞撐著下巴在一旁看著她，良久，終於冒出一句話：「妳不戴眼鏡滿好看的。」

向青的筆尖停了下來，好半天才道：「我不戴眼鏡看不清楚。」

莫晨瑞看著她微微發紅的耳朵，忍不住勾了勾嘴角，「長大就可以戴隱形眼鏡了，現在就戴著眼鏡吧。」

「哦。」

向青應了一聲，繼續在本子上畫了起來，只是這一次，畫的是莫晨瑞那雙漂亮的眼睛。

——番外三〈好事成雙〉完

高寶書版集團
gobooks.com.tw

輕世代 FW186
早安，幽靈小姐04

作　　者　水果布丁
繪　　者　arico
編　　輯　林思妤
校　　對　林紓平
美術編輯　彭裕芳
排　　版　彭立瑋
企　　劃　陳煒翰

發 行 人　朱凱蕾
出　　版　英屬維京群島商高寶國際有限公司臺灣分公司
　　　　　Global Group Holdings, Ltd.
地　　址　臺北市內湖區洲子街88號3樓
網　　址　www.gobooks.com.tw
電　　話　(02) 27992788
電　　郵　readers@gobooks.com.tw（讀者服務部）
　　　　　pr@gobooks.com.tw（公關諮詢部）
傳　　真　出版部　(02) 27990909　行銷部 (02) 27993088
郵政劃撥　19394552
戶　　名　英屬維京群島商高寶國際有限公司臺灣分公司
發　　行　希代多媒體書版股份有限公司/Printed in Taiwan
初版日期　2016年5月

國家圖書館出版品預行編目(CIP)資料

早安，幽靈小姐 / 水果布丁著.-- 初版. -- 臺北市：高寶國際, 2016.05-
冊；　公分. --

ISBN 978-986-361-271-1(第4冊：平裝)

857.7　　104020054

三日月書版

三日月書版

GOBOOKS
& SITAK
GROUP©

GOBOOKS
& SITAK
GROUP ©